ullstein

Steven Burns ist ein außergewöhnlicher Detektiv. Die Erforschung paranormaler Phänomene und der Kampf gegen übernatürliche Mächte des Bösen führen den erfolglosen Schriftsteller in bisher unbekannte Welten und eröffnen unfassbare Horizonte …

Yukatán, Mexiko: Tief im Regenwald verschwinden Hilfsarbeiter einer archäologischen Forschungsexpedition in den Ruinen der untergegangenen Maya-Zivilisation. Die einzige Spur liefert eine uralte Keramik-Skulptur. Ihr Äußeres gleicht den Grauen Engeln, alptraumhaften Geschöpfen der Finsternis.
In Vancouver erfährt Bakerman, der sich dem Kampf gegen das Widernatürliche verschrieben hat, von dem rätselhaften Fund.
Er schickt seine Mitarbeiter Joyce Kramer und Larry Newman mit der Skulptur quer über den Kontinent nach Toronto, wo der Okkultismusexperte Jean-Paul Legrand das unheilvolle Artefakt untersuchen soll. Doch Legrand bewahrt ein eigenes Geheimnis, und die Begegnung mit ihm bringt Joyce und Larry in Todesgefahr.
Währenddessen reist Bakerman mit Steven Burns zur Fundstelle nach Mexiko. Auf der Suche nach den verschollenen Männern und dem Ursprung der Statue stoßen sie auf die Anhänger der Fahlen. Unter den Tempelruinen öffnet sich das Tor in eine lange begrabene Welt, wo die namenlosen Schrecken nicht nur auf ihr nächstes Opfer lauern … sondern auch auf Steven Burns!

Autor: Andreas Gloge, Co-Autor: Volker Sassenberg

In unserem Hause ist in der Reihe *Gabriel Burns* bisher erschienen:
Die Grauen Engel

gabriel burns

VEREHRUNG

Mystery Thriller

Ullstein

Besuchen Sie uns im Internet:
www.ullstein-taschenbuch.de

Umwelthinweis:
Dieses Buch wurde auf chlor- und säurefreiem Papier gedruckt.

Originalausgabe im Ullstein Taschenbuch
1. Auflage August 2007

Universal Music Family Entertainment –
a division of Universal Music GmbH
Umschlaggestaltung: HildenDesign, München und Büro Hamburg
Titelabbildung: © Decision Products/Ingo Masjoshusmann
Gabriel Burns ist ein eingetragenes Markenzeichen von
Decision Products/Volker Sassenberg

Satz: Pinkuin Satz und Datentechnik, Berlin
Gesetzt aus der Optima
Druck und Bindearbeiten: Ebner & Spiegel, Ulm
Printed in Germany
ISBN 978-3-548-26719-7

ICH WEISS, WAS ANGST IST. WIE SIE SICH ANFÜHLT, WIE SIE DEN VERSTAND LÄHMT UND JEDEN IN EIN HILFLOSES, ZITTERNDES ETWAS VERWANDELN KANN. ICH MUSS VON SCHRECKLICHEN BEGEBENHEITEN BERICHTEN, DIE ZUMEIST IM VERBORGENEN, ABER MANCHMAL AUCH IN UNSERER UNMITTELBAREN NÄHE GESCHAHEN. UND NOCH IMMER GESCHEHEN.

ES WÄRE EIN VERHÄNGNISVOLLER FEHLER, DIE MENSCHEN DARÜBER IM UNKLAREN ZU LASSEN. ES IST AN DER ZEIT, DASS SIE DIE WAHRHEIT ERFAHREN ...

ALLES BEGINNT IN EINER STADT, VON DER ES HEISST, SIE SEI AUF URALTEM LAND ERBAUT. BEWACHT VON DEN NAHEN GIPFELN DES KÜSTENGEBIRGES. WILLKOMMEN IN VANCOUVER ...

PROLOG

Der junge Mann kannte die Überlieferungen der Priester der Schlange und wusste, dass ihm keine Wahl blieb. Der Lendenschurz bedeckte seine Hüften nur knapp. Die Schwüle der tropischen Nacht ließ Wasserperlen auf seinem nackten Rücken entstehen. Er kniete auf dem weichen Morast, dort, wo der Dschungel undurchdringbar für das Licht der Sterne seinen Schatten breitete. Einzig durch eine kleine Öffnung im dichten Blätterdach drangen Strahlen des vollen Mondes, kalt und unaufhaltsam.

Das Messer zögerte kurz, bevor die Klinge sich ihren Weg durch die harten Knorpel des Kehlkopfs bahnte. Die Frau zu seinen Füßen stöhnte ein letztes Mal, dann hatte die Waffe den Widerstand durchbrochen und glitt durch ihren von der Sommersonne gebräunten Hals. Warmes Blut pulsierte in Schüben aus dem klaffenden Spalt.

Leben und Tod waren einander verbunden, ein Wechselspiel zwischen Vergehen und Wiedergeburt. Die Götter mussten sterben, um den Menschen das Leben zu spenden, und Menschen wurden geopfert, um den Göttern ihre Wiederkehr zu ermöglichen. So war der Lauf des Universums, so war der Lauf von Sonne, Mond und Erde, gespeist aus dem Blut aller Sterblichen. Dies waren die Lehren der Priester, und sie allein vernahmen die Stimmen der Götter aus den Tiefen der Welt.

Der junge Mann beobachtete das Sterben des Mädchens mit größter Anteilnahme, doch ohne Wehmut. Eines Tages würde auch ihm die Ehre zuteil werden, mit seinem eigenen Blut den Göttern zu Diensten sein zu dürfen. Ihnen zu neuem Leben zu verhelfen.

So hoffte er …

Der Dschungel war still, als er sich auf den Rückweg machte. Seine Hände hatte er zuvor in einem Bach in der Nähe reingewaschen und so alle Spuren seiner toten Schwester beseitigt, deren erschlafften Leib er auf dem Steinsims hatte zurücklassen müssen. Nun war er bereit für die Anhörung der Priester.

Er richtete seinen Blick nach vorn, sprach beim Laufen leise Worte der Zuversicht und des Glaubens. Gebete, dass es seinem Vater und seiner Mutter während seiner Abwesenheit gut erginge und dass sie nie erfahren mochten, wer ihre Tochter hatte töten müssen, um den Beistand der Götter zu erhalten.

Er lief und lief, während aus dem lebendigen Unterholz des Dschungels Myriaden von Geräuschen drangen. Vereinzelt stoben Vögel von den eiligen Schritten auf und flatterten kreischend davon. Irgendwann spürte er salzige Tränen seine Wangen hinabrinnen. Er wusste nicht, ob es die Anstrengung der Reise oder die Trauer um den Verlust seiner Schwester war, den er bedingungslos zu verdrängen hatte, wenn die Priester der Schlange ihn anhören sollten. Sie hatten ihn hierher gesandt, um fern der Stadt und den Tempeln sein Ritual zu vollführen. Es war eine besondere Zeremonie für einen jungen Mann seines Standes, und er fühlte sich geehrt.

Je weiter er lief, desto schwerer wurde die Luft vom Aroma der Fäulnis und der feuchten Erde. Nur das glanzlose Licht des vollen Mondes blieb sein treuer Begleiter. Es erhellte den aufgeschütteten Pfad, den Sacbeob, dessen weißer Kalk wie Sternenstaub funkelte. Ein heiliger Prozessionsweg, der weit nach Westen führte, bis er sich wie viele der Sacbeob irgendwo in den Tiefen der Wälder verlor und zusehends breiter wurde.

Schließlich, als er sich zu einer breiten Straße geweitet hatte, öffnete sich der Wald. Der schmale Fluss führte vorbei an Ackerbauterrassen, auf denen Mais, Bohnen und Chilischoten reiften. Am Horizont graute ein Band aus mattem Licht, das den heraufziehenden Tag verkündete. Eine klamme Frische hatte sich über die Hütten gelegt.

An den riesigen Stelen brach sich das frühe Dämmerlicht. Die bis zu zehn Meter hohen monolithischen Pfeiler aus Stein durchzogen Kaan, das Königreich der Schlange, zu Dutzenden. Das Zentrum der Stadt war von bleichen Morgennebeln erobert worden, und kein Laut war zu vernehmen. In einer schlammigen Pfütze trieb ein gelbblauer Schmetterling.

Der junge Mann eilte zur Behausung seiner Familie. Die Lehmhütte war leer. Die benutzten Bettlager zeugten deutlich davon, dass hier noch vor wenigen Stunden Menschen gelegen, geschlafen und geatmet hatten.

Aber wo waren sie hin?

Er trat wieder hinaus in den Morgen und auf den mit weißem Kalkstein bedeckten Platz, der sich hinter den Wohnbauten erstreckte. In den Schatten jenseits der mächtigen Tempelstufen, dort, wo tagsüber Kinder spielten, lag ein mit Lederbändern geschnürtes Bündel von Pinienhölzern auf dem Boden. Schwaden von Weihrauch stiegen noch immer aus Tonkrügen empor, die entlang der Tempelpyramide aufgereiht waren. Sie kündeten von Opfern in der vorigen Nacht.

Nirgends war ein Laut zu vernehmen.

Nirgendwo eine Menschenseele zu erblicken.

Tausende hatten hier gelebt.

»Fort …« Schritte näherten sich aus dem Nichts. »Sie sind alle fort.«

Der junge Mann wandte sich erschrocken um.

Ein kleiner Junge stand nur wenige Meter entfernt auf den ersten Stufen der Tempelpyramide. Er war nackt, sein Haar grau wie das eines Greises.

»Wer bist du?«

Der Junge lächelte. »Ich bin hier, um dich zu ihnen zu bringen. Wir wussten, dass du kommen würdest.« Es war eine tiefe Stimme, wie die eines gereiften Mannes. Sein Schädel besaß eine fremdartige Form, als trüge er eine lange, spitz zulaufende Kopfbedeckung, doch waren es zweifellos die Knochen, die unnatürlich verwachsen waren.

»*Wir*?«

»Du bist der Letzte deines Volkes, der noch fehlt.«

Eine eisige Kälte breitete sich im Talkessel aus, und Raureif kroch an den mit Schriftzeichen verzierten Stelen empor.

»Habe ich einen Fehler begangen?«, stotterte der junge Mann. »Ist dies der Zorn der Götter?«

Das Kind lächelte schief, sagte aber nichts.

»Man trug mir auf, das Messer zu nehmen und meine Schwester zum Platz der Tränen tief im Dschungel zu bringen und sie dort …«

»Alles ist geschehen, wie es geschehen muss. Habe keine Sorge. Deine Tat war unbedeutend. Wichtig ist allein die Zukunft.«

»*Unbedeutend*?« Der Mann fühlte, wie seine Augen zu brennen begannen. Das Opfer, das er zu Ehren der Götter und auf Geheiß der Priester gebracht hatte … es war unbedeutend?

Der erstarrte Blick des unschuldigen Mädchens, seiner eigenen Schwester, suchte ihn heim, ebenso wie die Erinnerungen an eine vergangene Kindheit, als sie lachend und unbekümmert an den Ufern des Flusses und des Sees gespielt hatten.

Der Junge hatte bis zu diesem Zeitpunkt nicht ein einziges Mal geblinzelt. »Es wird Zeit. Die Sonne geht gleich auf.«

»Wohin gehen wir?« Seine Stimme war erstickt, und die Worte schmerzten im Hals.

Als sich die Finger des Kindes um sein Handgelenk schlossen, war es, als würde ihn etwas Totes berühren, eine leblose Masse falschen Fleisches. Etwas, das nicht mehr an die Oberfläche der Welt gehörte, sondern zu lange schon gefangen war im ewigen Kreislauf von Staub, Vergängnis und Wiedergeburt.

»Hinab.«

1135 JAHRE SPÄTER

1

Steven Burns blickte durch das vom Regen benetzte Fenster und verfolgte das entfernte Treiben auf der Landebahn des Flughafens. Vor einer halben Stunde war er von einem Hotelpagen in die Suite gelassen worden, die Bakerman für ihn, Larry Newman und Joyce Kramer reserviert hatte.

Steven fragte sich, ob er Bakermans Nachricht falsch verstanden hatte, denn noch immer war niemand der anderen erschienen. Auch das Telefon blieb stumm. Er nahm einen Schluck aus der Bierflasche, die er kurz zuvor der Minibar entnommen hatte, und ließ seinen Blick zum wiederholten Mal im luxuriös eingerichteten Hotelzimmer umherschweifen.

Das Fairmont am Vancouver Airport war eine der feinsten Adressen der Stadt. Jedes der 392 Zimmer besaß eine eindrucksvolle Fensterfront, deren perfekte Isolierung nicht den kleinsten Laut der pausenlos startenden und landenden Flugzeuge durchließ. Über modernste Fernschaltungen und Touchscreens ließ sich jede Technik im Raum regulieren und steuern, von der Klimaanlage bis hin zur Lichtdämmung und den Gardinenzügen. Der spektakuläre Ausblick auf Berge und den endlosen Ozean war eher eine Selbstverständlichkeit.

Mit dem Fahrstuhl konnten die Gäste direkt von den Fluren in die Abflugterminals gelangen und auf Wunsch eigenständig und reibungslos in der Lobby für ihre Flüge einchecken. Das gewährleistete sowohl einen reibungslosen Ablauf wie auch eine gewisse Form der Anonymität. Insofern war das Fairmont als Treffpunkt gar nicht so ungewöhnlich, und nach allem, was ihm mittlerweile an Bakermans Seite widerfahren war, erstaunte Steven Burns eh nicht mehr viel.

In der Zeit, als Bakerman noch für die kanadische Regierung tätig gewesen war, hatte er die Stellung des Leiters der Trudeau-Kommission innegehabt, einer geheimen Organisation zur Untersuchung übersinnlicher Phänomene. Doch nach Auflösung der Kommission hatte Bakerman sein eigenes Netzwerk von Mitarbeitern und Informanten ins Leben gerufen. Zu welchem Zweck und mit welcher Unterstützung, war Steven bis heute nicht wirklich bekannt.

Alles, was Bakerman ihm und den anderen offenbart hatte, drehte sich um den Kampf gegen eine widernatürliche Macht, die sich sowohl einflussreicher Persönlichkeiten auf der ganzen Welt wie auch fremdartiger Technologien und Verbündeter bediente. Bakerman befürchtete vermutlich etwas wie die bevorstehende Apokalypse ... Steven schüttelte den Kopf und nahm einen kräftigen Schluck ... aber niemand kannte die wahren Absichten der Gegenseite.

Sein Blick verlor sich hinter der Reflexion seines Gesichtes im Fensterglas, das mit den dahinter liegenden Berggipfeln verschmolz. Bakerman hatte ihn in seine Pläne eingespannt, ohne dass Steven eine Wahl gehabt hätte. Mittlerweile wusste er, dass er schon seit seiner Kindheit von dem geheimnisvollen Schotten beobachtet worden war. Dass eine Verbindung bestand zwischen den Zielen des glatzköpfigen Mannes und Stevens ungewöhnlichen Fähigkeiten.

Der Gabe, wie dieser Fluch genannt wurde.

Kraft seiner Gedanken hatte Steven Burns vor vierundzwanzig Jahren seinen Bruder verschwinden lassen.

Noch immer suchte ihn Daniel als vierjähriger Junge in seinen Träumen und Visionen heim. Noch immer glaubte Steven an Rettung und Vergebung. Doch alle Anzeichen deuteten darauf hin, dass Daniel auf die andere Seite gelangt war, in eine Welt der Geister und der Schrecken, wohin kein Sterblicher ihm folgen konnte und wo Steven selbst mit einem Namen bedacht wurde, den er nicht als seinen eigenen erkannte: Gabriel!

Nur um endlich Antworten zu erhalten und seinen Bruder zu finden, hatte er sich Bakermans mysteriösem Kreuzzug verschrieben, aber Steven Burns kannte seinen Auftraggeber mittlerweile recht gut und wusste, dass dieser seine Geheimnisse niemals bedenkenlos preisgeben würde. Steven musste Geduld üben. Aber dafür fehlte ihm die Zeit.

Etwas geschah dort draußen in der Welt. Etwas, das verhindert werden musste. Er war sich nicht sicher, aber seine eigene übersinnliche Befähigung vermittelte ein immer klareres Bild und ließ ihn die Aura der Fremden, denen sie den Kampf angesagt hatten, zunehmend deutlicher wahrnehmen.

Die Dunkelheit wuchs. Ein namenloser Schrecken, über dessen wahre Natur niemand Bescheid wusste. Zumindest glaubte das Steven Burns …

Er nahm einen weiteren Schluck, als sich die Zimmertür öffnete und drei Personen eintraten.

»Steven, schön, dass Sie schon da sind«, begrüßte ihn Bakerman ohne erkennbare Gemütsregung. Er war in einen maßgeschneiderten, hellbraunen Anzug gekleidet und trug einen sperrigen Metallkoffer unter dem Arm.

»Sie meinen wohl, schön, dass ich nicht schon wieder weg bin«, erwiderte Steven mit Blick auf seine Armbanduhr.

Bakerman beschloss, den Kommentar überhört zu haben. Der kleine, glatzköpfige Mann wies seinen beiden

Begleitern einen Platz in der ausladenden Sitzecke zu und bedeutete auch Steven, sich zu setzen.

Joyce Kramer schenkte Steven ein höfliches Lächeln, während Larry Newman ihm freudig auf die Schulter schlug.

»Wow, da hat ja mal jemand die Spendierhosen an, was?!«, frohlockte Larry mit Blick auf die goldvertäfelte Tischplatte. »Schon den Zimmerservice bestellt?«

Zur Antwort hob Steven seine Bierflasche und zeigte auf die Minibar an der Wand.

»Für Ausschweifungen bleibt Ihnen leider wenig Zeit, Larry«, gab Bakerman trocken zu verstehen. »Ihr Flugzeug geht in weniger als zwei Stunden.«

»Wie bitte?« Larry wirkte enttäuscht. Er strich sich durch die langen Haare und schaute ernüchtert zu Steven herüber.

»Und Sie dachten, Bakerman lädt uns auf einen feuchtfröhlichen Rommé-Abend im Fairmond ein«, schmunzelte dieser.

»Die Hoffnung stirbt zuletzt.« Larry Newman setzte sich. Sein Blick verriet die Abneigung gegen Bakermans verlässlich eintretende Überraschungen. Seit Larry seine Anstellung in einem Forstamt im Yukon-Territorium aufgegeben hatte, um sich ebenfalls dem Kampf gegen das Widernatürliche zu widmen, hatte er sich mehr als einmal wie eine Marionette in Bakermans Griff gefühlt. Statt Holzfällern bei der Arbeit zuzusehen, hatte er fortan Mörder gejagt, unvorstellbare Kreaturen getötet und sich inmitten einer Weltverschwörung wiedergefunden, die ihn nachts um den verdienten Schlaf brachte. Aber Larry wusste, dass es kein Zurück in sein altes Leben mehr gab. Er hatte vom Nektar des Wissens gekostet und war mit den Fremden in Berührung gekommen. Sie kannten ihn, und er kannte sein Schicksal. Er musste Bakerman folgen.

Steven betrachtete Larry und begriff, wie ähnlich sie sich waren. Auch er hatte lernen müssen, Bakermans Verschwiegenheit zu tolerieren, solange er konnte. Sein anfänglich noch offen zur Schau getragenes Misstrauen ihrem Auftraggeber gegenüber hätte das Team mehr als einmal fast gespalten. Einzig Joyce Kramer schien allen Anweisungen bedingungslos zu vertrauen.

Steven riss sich aus seinen Gedanken und folgte wieder dem Gespräch.

»... diese Suite ist nicht mehr als ein komfortables Ausweichbüro und bietet zudem logistische Vorteile. Unsere Zeit ist knapp. Kommen wir also zur Sache.« Er blickte kurz in die Runde. »Sagt Ihnen der Begriff Calakmul etwas?«

Schweigen.

Bakerman öffnete seine Aktentasche und legte eine Ledermappe auf der Tischplatte ab. Das Metallschloss schnappte auf, kaum dass er seinen linken Daumen auf ein fingergroßes Display gelegt hatte. Er entnahm der Mappe einen Stapel Papiere und Fotoabzüge, die er sorgsam vor sich ausbreitete.

»Es handelt sich um eine Tempelstätte der Maya. Früher nannte man es auch Kaan oder das Königreich der Schlange.«

Bakerman breitete eine Landkarte aus. »Calakmul liegt auf der Halbinsel Yucatán, tief im mexikanischen Regenwald. Die Stadt befindet sich rund dreihundert Kilometer südöstlich von Campeche und wurde 1931 durch den Amerikaner Cyrus Lundell entdeckt. Die Bevölkerung dieser außergewöhnlichen Maya-Siedlung betrug einst über fünfzigtausend Menschen.«

Larry Newman beugte sich vor. »Ein richtiger Schatz für Archäologen, hm? Lassen Sie mich raten: Jetzt wimmelt es dort nur so von Touristen, die sich mit Maya-Tempeln im Hintergrund fotografieren lassen wollen.«

»Nicht ganz«, erwiderte Bakerman kühl. »Calakmul ist für Besucher nur schwer zugänglich. Die Ruinenstadt trägt denselben Namen wie der sie umgebende naturgeschützte Regenwald, dessen äußerst dichte Vegetation größtenteils unberührt geblieben ist. Nur vereinzelte Öko-Hotels und die kleine Ansiedlung Chicanná, eine halbe Autostunde von Calakmul entfernt, bieten Anlaufstellen für Tourismus.«

»Und was hat es mit alldem auf sich?«, fragte Steven mit unverhohlener Ungeduld. Bakermans Euphorie für archäologische Exkurse teilte er nur bedingt.

»Eben das ist die Frage!«

Bakerman zog ein Polaroidfoto aus dem Aktenstapel und hielt es für alle sichtbar in die Runde. Die Frau auf dem Bild hatte lange schwarze Locken und stand breitbeinig auf einem umgestürzten Steinquader. Die Pose erinnerte Steven an Großwildjäger, die sich mit erlegten Raubkatzen ablichten ließen.

»Das ist Dr. Yolanda Fuentes, eine befreundete Archäologin. Sie leitet die aktuellen Ausgrabungen in Calakmul.«

»Dann sind die Ruinen also noch nicht gänzlich freigelegt?«, meldete sich Joyce Kramer erstmals zu Wort.

»Nein. Wir sprechen hier von einem gewaltigen Areal, dessen Geheimnisse noch lange nicht ans Licht geholt worden sind. Calakmul erstreckte sich auf einer Fläche von dreißig Quadratkilometern und besaß über einhundert Kolossalbauten.«

»Verstehe.«

Bakerman wartete geduldig, bis Larry Newman, der sich wie Steven nun auch ein Bier aus der Minibar geholt hatte, wieder Platz genommen hatte. Dann fuhr er fort: »Yola …«, er räusperte sich kurz. »Dr. Fuentes hat mich gestern Abend kontaktiert und um Unterstützung gebeten.«

»Was ist das Problem?«, fragte Joyce.

»In der letzten Woche sind vier ihrer engsten Mitarbeiter spurlos verschwunden.«

Larry öffnete die Flasche und nahm einen Zug. »Ist das nicht eher eine Angelegenheit für die mexikanischen Behörden?«

»Nun, vielleicht ist spurlos der falsche Ausdruck. Präziser formuliert verliert sich die Fährte der Männer in den Katakomben einer jüngst freigelegten Tempelpyramide.«

»Und das Letzte, was Dr. Fuentes möchte«, murmelte Larry begreifend, »ist ein Trupp mexikanischer Polizisten, die quer durch ihre Fundstätte poltern?!«

»Es geht um mehr. Um viel mehr ...«

Mit einem Knopfdruck auf die Fernbedienung an seiner Seite dimmte Bakerman das Licht. Dann öffnete er ein elektronisch zu betätigendes Portfolio, in dem beleuchtete Dias archiviert waren. Die Abbildungen warfen ihre Umrisse an die Decke und zeigten Keramikfiguren, von denen die kleinsten kaum größer als ein Fingernagel waren, andere wiederum so hoch wie ein Mensch.

»Sie sehen eine Auswahl der Figuren von Acambaro, entdeckt in Mexiko in den Jahren 1944 bis 1952 von einem deutschen Kaufmann namens Waldemar Julsrud.«

»Die Figuren von Acambaro?« Joyce runzelte die Stirn. »Handelt es sich dabei nicht um Fälschungen?«

»Einige sind mit Sicherheit gefälscht, um Profit aus dem Verkauf zu schlagen. Aber insgesamt wurden über 33 000 Keramikfiguren ausgegraben, von denen keine der anderen glich.«

Larry sog scharf die Luft ein. »Das sind ... eine Menge.«

»So ist es. Eine Fälschung in solchem Ausmaß ist für die damalige Zeit unvorstellbar. Mit Hilfe der C-14-Methode ließ sich feststellen, dass einige der Figuren vor rund 6500 Jahren hergestellt worden sind. Wenige Jahre später ergaben modernere Tests in den Laboratorien der Universität von Pennsylvania, dass ein Großteil der Figuren vermutlich um 2500 v. Chr. entstanden ist.«

»Und was hat das mit Dr. Fuentes und ihren verschwundenen Leuten zu tun?«, fragte Steven stirnrunzelnd.

»Das Erstaunliche an den Funden in Acambaro ist, dass viele davon Rekonstruktionen mesozoischer Reptilien ähneln.«

»Meso-was?«, fragte Steven.

»Dinosaurier. Sehen Sie sich die Bilder doch an«, murmelte Larry fasziniert.

Was Steven anfänglich für Katzen, Vögel oder Ochsen gehalten hatte, entpuppte sich bei genauerer Betrachtung als urwelthafte Geschöpfe. Teils erinnerten die Tiere an bekannte Saurierarten, wie man sie aus Fachzeitschriften kannte, teils wiederum an mythologische Wesen, die jedoch völlig anderen Kulturkreisen zuzuordnen waren.

»Dieser Fund stellt also einen Widerspruch zur Evolutionstheorie dar, denn nach allen verfügbaren naturwissenschaftlichen Erkenntnissen starben die Dinosaurier zum Ende der Kreidezeit aus, während der Homo sapiens erst seit etwa 200 000 Jahren auf der Erde wandelt.«

»Ich versteh nicht ganz.«

»Wie konnte ein Mensch vor fast fünftausend Jahren eine Ahnung gehabt haben, wie Dinosaurier aussehen, Larry? Schließlich hatte niemand von denen jemals einen Dinosaurier gesehen, da diese bereits 65 Millionen Jahre vor Auftreten des Jetztmenschen ausgestorben waren.«

Larry Newman blickte verwirrt in die Runde. »Bei über 33 000 Figuren, keine wie die andere, kann es doch mal vorkommen, dass einige aussehen wie Saurier.«

»Larry hat recht«, schaltete Joyce sich ein. »Kunstgegenstände sind kein Beleg dafür, dass der Künstler nach einem lebenden Modell gearbeitet hat. Es könnte sich ebenso um Phantasiegestalten handeln oder um stärker abgewandelte Leguan-, Alligator-, Vogel- und religiöse Götzenfiguren.«

Bakerman nickte. »Möglich ist vieles. Aber ich glaube nicht an einen Zufall. Wir haben hier mesozoische Reptilien, und das Erdzeitalter des Mesozoikums begann vor 251 Millionen Jahren, als nach einer unbekannten Katastrophe neunzig Prozent aller Tier- und Pflanzenarten ausstarben. Dies ermöglichte die Evolution einer völlig neuartigen Tier- und Pflanzenwelt. Das Mesozoikum endete vor 65 Millionen Jahren ebenfalls mit einer Katastrophe, als ein Meteorit nahe der Yucatán-Halbinsel einschlug. Wiederum kam es zu einem beispiellosen Aussterben nahezu der Hälfte aller weltweiten Tier- und Pflanzenarten, darunter auch Dinosaurier und Ammoniten.«

»Ammoniten ...«, flüsterte Steven.

»Wie von mir erwähnt, liegt die Maya-Stätte Calakmul ebenfalls auf der Halbinsel Yucatán.«

Larry brummte der Schädel. »Also da schließt sich dann der Kreis?«

Bakerman griff nach dem Portfolio und verstaute es wieder in seinem Metallkoffer. Dann platzierte er ein einzelnes längliches Gefäß auf dem Tisch, einen Zylinder aus milchigem Glas, in dessen Mitte etwas eingeschlossen war. Als Deckel fungierte ein blinkender Ring, der Temperatur und Luftfeuchtigkeit des Inhalts auf einem Display anzeigte und den Gegenstand offenbar luftdicht unter Verschluss hielt.

Auf einen weiteren Knopfdruck Bakermans erlosch das Licht im Zimmer jetzt vollends. Einzig der Zylinder schimmerte gespenstisch und warf silbrige Schatten auf die vier Gesichter ringsum.

»Dr. Fuentes hat mir dies zukommen lassen«, sagte Bakerman ruhig und bestimmt, doch schwang in seinen Worten eine unverhohlene Ehrfurcht mit. »Man fand es nah der Stelle, wo der letzte von ihren Mitarbeitern verschwand.«

Steven beugte sich langsam vor. Noch immer waren die Umrisse hinter dem Milchglas nur schwer auszumachen. Er spürte ein leichtes Ziehen in der Magengegend.

»Wie die Figuren von Acambaro wirft auch dieser Fund bedeutsame Fragen auf«, dozierte Bakerman leise. »Ich hatte Ihnen von der C-14-Methode erzählt: eine Radiokohlenstoffdatierung zur Altersbestimmung kohlenstoffhaltiger organischer Materialien. Sie basiert auf dem radioaktiven Zerfall des Kohlenstoff-Isotops 14C. Nach zehn Halbwertzeiten, also nach ungefähr 55 000 Jahren, liegt der Anteil unterhalb der Nachweisgrenze. Die Methode ist daher nur für jüngere Proben anwendbar.« Bakerman räusperte sich erneut. »Dieses Fundstück ist älter als 55 000 Jahre.«

»Was ist es?«, flüsterte Larry.

»Sehen Sie selbst.«

Bakerman betätigte eine Tastenkombination auf dem Ringschloss, und augenblicklich glitt die Verschlusskappe zur Seite. Es zischte leise, während dem Zylinder feiner Dampf entstieg.

Steven fühlte eine eisige Kälte sich im abgedunkelten Hotelzimmer ausbreiten. Allmählich klärte sich das Glas und legte den Blick frei auf die faustgroße Skulptur im Innern.

Bakerman musterte die Gesichter seiner Begleiter aufmerksam. »Wie ich bereits erwähnte, ähnelte keine der Figuren von Acambaro der anderen. Aber was wir hier vor uns haben …«

»Ohne Zweifel«, fiel ihm Larry Newman schockiert ins Wort. »Ein Grauer Engel!«

Steven Burns benötigte keine wissenschaftlichen Erklärungen oder Vergleiche mit anderen prähistorischen Funden aus der Archäologie. Für ihn hatte sich die Wahrheit in dem Augenblick entfaltet, als er die rubinroten Augenschlitze der Keramikfigur erblickte, die angedeuteten Schwingen auf dem Rücken und die zwischen winzigen Reißzähnen vorstehende, spitz zulaufende Zunge. Ein Grauer Engel ... erschaffen von primitiven Urmenschen oder anderen Unterwürfigen, die diesen alptraumhaften Kreaturen vor unvorstellbar langer Zeit gehuldigt haben müssen.

Obwohl die Klimaanlage im Fairmont fehlerfrei arbeitete und das Hotelzimmer zuvor von einem angenehmen Rosenduft erfüllt war, glaubte Steven den Atem der Fäulnis zu riechen. Ein pestilenzartiger Gestank nach altem Leder, Verderbnis und Tod, der sich wie ein Geschwür in seinem Unterbewusstsein festgesetzt hatte.

Die Grauen Engel waren die Gesandten der zwei Horizonte, und sie wurden von fanatischen Anhängern verehrt. Angeblich bereiteten sie die Rückkehr ihrer geheimnisvollen Herren und Meister vor und wurden daher als Vorboten der aufziehenden Finsternis gefürchtet.

Die Grauen Engel waren in Eden Creek erschienen, in Vancouver, in Bukarest, auf Vancouver Island, in Schottland, und wer weiß wo noch ... Immer wieder waren Steven und die anderen auf Felszeichnungen und götzenhafte Abbilder gestoßen, Jahrtausende alt, tief unter der Erde verborgen, in der Wüste Afrikas, im Dschungel Vietnams, sogar in vergessenen Schächten in der Kanalisation Vancouvers, und jetzt ... in Calakmul, Mexiko. In den Ruinen der freigelegten Maya-Tempelstätte.

Die Grauen Engel lebten durch die Dunkelheit. Sie kamen aus der Schwärze der Nacht und waren mit

Schusswaffen nicht zu verletzen. Und doch waren sie nur Geschöpfe einer weiteren, weitaus bedrohlicheren Macht. Einzig Steven hatte ihnen widerstehen können. Seine Gabe, Dinge verschwinden zu lassen und zwischen den Welten der Toten und Lebenden zu wandeln, hatte ihn zu einer Waffe für Bakerman werden lassen, mit der dieser seine Feinde in Schach halten konnte.

Aber Steven Burns spürte, dass da mehr war. Eine stärkere Verbindung zwischen ihm und den Grauen Engeln und allem, was hinter ihnen im Verborgenen lauerte …

»Steven!«

Das Wasser auf seinen Lippen schmeckte kühl und angenehm. Er schluckte, und der bittere Geschmack in seinem Rachen ließ langsam nach. Er lag auf dem Boden, die Beine auf einen Sessel hochgestellt.

»Steven, alles in Ordnung?«

Er blinzelte.

Alles war verschwommen. Dann erkannte er Larrys Gesicht, das über seinem zu schweben schien.

»Larry …« Es war kaum mehr als ein Stöhnen. »Was ist passiert?«

Im Hintergrund standen Bakerman und Joyce Kramer vor der Fensterfront und redeten miteinander. Sie sprachen zu leise, als dass er ein Wort verstand.

»Sie sind einfach umgekippt.« Larry Newman stellte das Wasserglas beiseite und half Steven auf die Beine.

»Danke, es geht schon.«

Stevens verklärter Blick fiel auf die Tischplatte. Der Zylinder mit der Figur war verschwunden. Bakerman musste ihn wieder eingesteckt haben.

»Keine Ahnung, was mit mir los ist«, murmelte er und strich sich mit der Handfläche über die feuchte Stirn.

»Sie waren plötzlich wie erstarrt. Als ich Sie an der

Schulter berührte – Sie waren kalt wie Eis! –, da sind Sie ohnmächtig geworden. Konnte Sie gerade noch auffangen.«

»Krieg ich noch einen Schluck Wasser?«

Larry reichte ihm das Glas.

»Geben Sie mir einen Moment, ja?!«

»Klar.«

Die Grauen Engel. Noch immer schlug Stevens Herz langsam, sehr langsam. Das Atmen fiel ihm schwer, aber die Wärme des Zimmers kroch allmählich zurück in seinen Geist.

Die Skulptur hatte eindeutig einen Grauen Engel gezeigt, doch war es weit mehr als der bloße Anblick, der ihm nicht aus dem Kopf ging. Auf eine erschreckende Weise war die Keramikfigur von einer unheimlichen Vollkommenheit beseelt gewesen.

Steven hatte sich ihr mehr als verbunden gefühlt. Als wäre sie ein Teil von ihm selbst, den er vergessen hatte. Sie hatte nach seiner Seele gegriffen, dann war es dunkel geworden.

Eine Stunde später bestieg er hinter Bakerman die Gangway. Der Himmel über Vancouver erstrahlte in klarsten Blau, und die salzige Luft des Meeres vermischte sich mit dem Geruch von Flugzeugtreibstoff.

»Es geht also nach Mexiko?«, rief er Bakerman zu.

»Wir schauen uns die Fundstätte aus der Nähe an. Joyce und Larry werden indes nach Toronto fliegen, um sich dort mit Jean-Paul Legrand zu treffen, einem Experten für untergegangene Kulturen. Ich erwarte, dass Mister Legrand uns mehr über Herkunft und Zweck der kleinen Statue verraten kann.«

Sie betraten den schmalen Gang der Privatmaschine und nahmen an der Rückwand in einer engen Sitznische Platz.

»Dieser Legrand weiß also mehr über die Maya als Dr. Fuentes?«

Bakerman schloss den Anschnallgurt und gab dem Piloten ein Zeichen, der daraufhin im Cockpit verschwand. »Dr. Fuentes ist eine ausgezeichnete Archäologin, aber was religiöse Zusammenhänge betrifft, ist Legrand für unsere Zwecke die verlässlichere Koryphäe.« Schmunzelnd wandte er sich an Steven. »Böse Zungen würden gar behaupten, Jean-Paul Legrand sei ein Okkultist.«

Steven zog eine Augenbraue hoch. »Und was würden Sie behaupten, Bakerman?«

»Dass wir zwei uns jetzt ausruhen sollten. Wir brauchen Energie und Konzentration. Nach der Landung in Campeche wartet ein beschwerlicher Weg durch den Regenwald auf uns.«

»Erwarten Sie etwa Komplikationen?«

»Vier Menschen sind bereits verschwunden. Das ist Warnung genug, denken Sie nicht?!«

Bakerman schloss die Augen, und damit war das Gespräch beendet. Steven Burns beschlich der unangenehme Verdacht, dass der glatzköpfige Mann mal wieder nicht alles erzählt hatte.

2

Zwei Jungen spielten mit nacktem Oberkörper zwischen den parkenden Taxis Fußball, als Steven Burns und Bakerman nach achtstündigem Flug aus dem Ankunfts-Terminal traten. Der verbeulte Lederball sprang von einer Autotür zurück, begleitet von hispanischen Flüchen aus dem Wageninneren, und Steven direkt vor die Füße.

»Por aquí, Señor«, rief einer der beiden Jungen ihm zu.

Steven warf den Ball zurück und wischte sich den Schweiß von der Stirn. Hier in Campeche, am Golf von Mexiko, war es auch abends noch erstaunlich warm. Das tropische Klima und die hohe Luftfeuchtigkeit waren durchaus eine Umstellung. Dabei war die kleine Hafenstadt für sie nur Durchgangsstation auf der Reise ins Landesinnere, wo die Temperaturen unter dem dichten Dschungeldach vermutlich weiter ansteigen würden.

Am Ende des Parkplatzes erblickte er einen verdreckten Jeep und davor eine Frau, die er als Doktor Yolanda Fuentes erkannte. Sie unterhielt sich bereits angeregt mit Bakerman, der vorausgegangen war, und Steven meinte eine unerwartete Vertrautheit zwischen den beiden zu erkennen. Für einen Augenblick stahl sich gar etwas in Bakermans Züge, das an ein Lächeln erinnerte. Für seine Verhältnisse eine seltene Zurschaustellung von Gefühlsregungen.

Doktor Fuentes nickte einige Male vehement, sah

dann zu Steven herüber und winkte ihm zu. Mit raschen Schritten war er bei ihnen.

»Willkommen in Mexiko, Mister Burns«, begrüßte sie ihn in leicht gebrochenem Englisch. Ihre Haut war dunkel, sie trug ein Hemd mit hochgekrempelten Ärmeln und eine weite Hose, aus deren Seitentaschen ein Organizer und eine Taschenlampe hervorschauten.

»Angenehm.« Sie begrüßten sich mit Handschlag.

Steven entging nicht, dass die braunen Augen der Frau von dunklen Ringen unterlegt waren. Anscheinend hatte sie in den vergangenen Tagen wenig geschlafen.

Sie luden das Gepäck hinten auf den Jeep und stiegen ein, Bakerman auf den Beifahrersitz, Steven hinten.

»Lehnen Sie sich zurück und genießen Sie die Fahrt, Mister Burns. Campeche gilt nicht umsonst als eine der schönsten Kolonialstädte.« Fuentes lächelte und wechselte mit Bakerman einen kurzen Blick.

»Verdienen Sie sich Ihre Brötchen etwa auch als Fremdenführerin?«, fragte Steven im Scherz.

Die Archäologin blickte in den Rückspiegel. »Ich meinte, genießen Sie den Frieden, solange Sie können, Mister Burns. Sind wir erst in Calakmul, werden Sie sich hierher zurückwünschen.«

Es herrschte nur wenig Verkehr in Campeche. Vom lärmvollen Chaos und dem ungezügelten Temperament mexikanischer Autofahrer wie in Mexiko City war hier kaum etwas zu spüren.

Doktor Fuentes steuerte den Jeep durch enge Gassen und entlang farbig restaurierter Gebäudefassaden. Sie erzählte ihnen, dass Campeche im sechzehnten Jahrhundert von den Spaniern gegründet worden war und durch den Hafen rasch an strategischer Bedeutung gewonnen hatte. Um die Stadt vor Plünderungen durch Piraten zu schützen, wurde später eine eindrucksvolle Stadtmauer erbaut und mit der Errichtung von Befestigungsanlagen am Ufer begonnen. Noch immer waren viele Fenster in der Altstadt mit schmiedeeisernen Gittern versehen. Popmusik dröhnte heraus auf die Straße.

Bakerman hatte seit ihrem Aufbruch geschwiegen. Sein Blick verlor sich im Geflecht der Straßenzüge.

»Wenn ich ehrlich sein soll«, rief Steven von der Rückbank, »hatte ich eigentlich nicht damit gerechnet, dass Sie uns persönlich abholen.«

Fuentes lächelte, und Steven musste sich eingestehen, dass es der Mexikanerin sehr gut stand. Offensichtlich war sie sich dieser Wirkung durchaus bewusst, denn als ihre Blicke sich im Spiegel trafen, wurde das Lächeln noch breiter.

Als sie antwortete, kehrte Ernsthaftigkeit in ihre Miene zurück. »Ich hatte überlegt, einen Fahrer zu schicken, aber dann hielt ich es doch für klüger, dass nicht allzu viele Leute von Ihrer Ankunft erfahren. Im Camp werden schon genug Fragen gestellt.«

»Dann fahren wir also noch heute Abend zu den Ruinen?!«, schaltete sich Bakerman in das Gespräch ein.

»Es sind an die hundertfünfzig Meilen bis dorthin. Erst auf der Landstraße nach Süden, dann durch den Dschungel.«

»Es wird bereits dunkel.«

»Ich habe meinen Mitarbeitern gesagt, ich komme noch in dieser Nacht wieder. Sie zählen auf mich.«

»Sehr gut.«

Sie ließen die malerische Kulisse der Stadt hinter sich zurück und folgten der Küstenstraße in den Süden der Halbinsel Yucatán, während die Sonne ihre letzten Strahlen über den Ozean schickte. Am Horizont glitt ein Schwarm Vögel tief über das Wasser. Steven musste sich mehrfach vom traumhaften Anblick losreißen und ins Gedächtnis rufen, dass sie nicht zum Vergnügen hier waren, sondern um der Fährte der Grauen Engel zu folgen. Um das mysteriöse Verschwinden von vier Menschen aufzuklären. Und um die freigelegten Ruinen einer erloschenen Zivilisation zu ergründen, weit abgelegen in den tiefen Urwäldern Mexikos.

»Schon was über die Figur herausgefunden, Bakerman?«

»Meine Leute kümmern sich darum. Und bei Ihnen? Gibt es Spuren der Vermissten?«

Yolanda Fuentes verneinte. »Ich habe den Tempel absperren lassen. Aber ob das zu etwas gut ist?!«

»Sind die vier auf einen Schlag verschwunden?«

»Nein, zwischen jedem der Vorfälle lagen mehrere Stunden.«

»Vielleicht hat man die Männer entführt«, warf Steven ein.

»Wer sollte daran ein Interesse haben?«

»Na ja, vielleicht Ureinwohner, die nicht wollen, dass die heiligen Tempel ihrer Vorfahren ausgebuddelt werden, um fortan als Touristenfallen zu dienen.«

»Sehr unwahrscheinlich, Mister Burns. Einige unserer besten Leute sind von ihrer Herkunft Maya. Und keiner hat je Anlass zu Beschwerden gegeben.«

Steven war verwirrt. »Ich dachte, die Maya wären längst ausgestorben?«

»Keineswegs. Noch immer leben über sechs Millionen Maya auf der Yucatán-Halbinsel, in Belize, Guatemala und Honduras. In Guatemala stellen sie sogar vierzig Prozent der Gesamtbevölkerung.«

»Und die haben nichts gegen die Ausbeutung der Tempelstätten ihrer Ahnen?«, hakte er nach.

»Die Maya waren schon immer ein gespaltenes Volk aus vielen miteinander konkurrierenden Stämmen. Aber die Zeiten der Kriege sind seit vielen Jahrhunderten vorbei, Mister Burns. Wir leben in einer modernen Welt.«

Bakerman nickte. »Erzählen Sie uns mehr über die Maya und ihre Tempelstätten.«

Yolanda Fuentes griff nach einer Wasserflasche, die unter ihrem Sitz lag. »Die Maya entwickelten sich wie alle amerikanischen Kulturen völlig eigenständig. Als die Spanier im sechzehnten Jahrhundert hier eintrafen, fanden sie nur noch die letzten Reste einer einst hoch entwickelten Zivilisation vor. Die Wälder hatten ihre Städte mit den steinernen Palästen, die den europäischen Bauten an Prunk und Einzigartigkeit kaum nachstanden, lange zurückerobert. Gewaltige Straßen, die durch den Dschungel geschlagen worden waren, hatte das Buschwerk überwuchert und verschlungen.«

Steven erkannte, dass dies ein Exkurs speziell für ihn werden sollte, schließlich war Bakerman selbst studierter Archäologie und benötigte gewiss keine derart oberflächlichen Informationen. Aber Steven war dankbar für jede noch so kleine Ablenkung während der mehrstündigen Fahrt.

»Die stolzen Stadtstaaten der Maya waren nur noch ein Schatten ihrer selbst. Dennoch brauchten die Spanier hundertsiebzig Jahre, um das Land endgültig zu kontrollieren.«

»Und Calakmul?«

»War eine der größten Städte, regiert von Priestern oder Königen, die sich den oft grausamen, religiösen Ritualen unterwerfen mussten. Soweit wir aus Überlieferungen wissen, lebten die Einwohner in ständiger Furcht, als Opfer für den Schlangengott auserwählt zu werden.«

»Opfer für den Schlangengott? Und Sie meinen nicht, dass Ihre Leute vielleicht doch von ...«

»Mister Burns!« Fuentes schaute ernst in den Rückspiegel. »Die Maya von heute sind sehr friedliebende Menschen, und selbst ihre Religion und ihre traditionellen Riten vermischen sich längst untrennbar mit unserem Christentum. Es gibt zwar noch weit verbreitete Opferungen von Hühnern oder das Abbrennen von seltenen Gewürzen und Kerzen, aber Menschenopfer? Ich bitte Sie! Außerdem zeigt die gefundene Statue keine Schlange, oder?«

»Nein«, erwiderte Steven nachdenklich, und damit erstarb das Gespräch für längere Zeit.

Die Nacht senkte sich über Yucatán und brachte eine angenehme Kühle mit sich. Die Scheinwerfer des Jeeps erhellten die unebene Piste und scheuchten öfter als einmal fremdartige Tiere auf, die kreischend und fauchend in der Dunkelheit verschwanden. Mehrfach wich Doktor Fuentes gewaltigen Schlaglöchern aus, die bis zu einem Meter tief waren und selbst einem so geländetauglichen Fahrzeug wie ihrem Jeep ohne Mühen zu einem Achsenbruch verholfen hätten.

Vor einer Stunde hatten sie die Küste hinter sich gelassen und waren ins Landesinnere vorgedrungen, einem engen Pfad folgend, umschlossen von Baumriesen und undurchdringlichem Buschwerk. Das Licht des Mondes und der Sterne drang schon lange nicht mehr zu ihnen herab. Steven fragte sich, wie Fuentes die Orientierung behalten konnte.

»Warum werden Sie langsamer?«, fragte Bakerman.

»Da vorn. Etwas blockiert die Straße.«

Der Jeep kam zum Stehen, aber Yolanda Fuentes ließ den Motor weiterlaufen. Im Fernlicht der Scheinwerfer zeigten sich die Umrisse eines quer stehenden Wagens. Es handelte sich um einen Kleintransporter, auf dessen Ladefläche Käfige gestapelt waren. Das aufgeregte Gackern von Hühnern drang durch die Nacht.

»Ein Unfall?«, fragte Steven, der mit zusammengekniffenen Augen vergeblich versuchte, in der Dunkelheit mehr zu erkennen. »Vielleicht ist jemand verletzt?«

Er öffnete die Tür.
»Bleiben Sie im Wagen«, mahnte Fuentes.
»Warum?«
Die Archäologin drehte sich zu ihm um. »Es kommt hier häufiger zu Überfällen.«
»Sie meinen, das hier könnte eine Falle sein?«
Sie zuckte wortlos mit den Schultern.
Bakerman entsicherte seine Waffe und ließ seinen Blick prüfend umherschweifen. »Kommen Sie, Steven. Schauen wir uns die Sache mal aus der Nähe an.«
Während Yolanda Fuentes am Steuer sitzen blieb, verließen Steven Burns und Bakerman den Jeep und näherten sich dem Lastwagen. Insekten schwirrten innerhalb der Lichtkegel und tanzten über Blätter und Halme. Jenseits der Scheinwerfer war die Nacht vollkommen.
Der Motor des den Pfad versperrenden Wagens war ausgeschaltet. Bakerman bedeutete Steven, sich auf der anderen Seite umzuschauen, während er selbst mit gezogener Waffe zum Fahrersitz schlich.
Steven nickte und tastete sich vorsichtig um die erloschenen Rücklichter des Lastwagens voran. Unter dem geschlossenen Blätterdach herrschte eine eigenartige Kühle, umgeben von der Undurchdringlichkeit des Waldes. Die in Finsternis gehüllte Wildnis mit ihren für menschliche Sinne unbekannten Ausmaßen wirkte auf ihn mit einem Mal äußerst beunruhigend. Aus der Ferne drangen fremdartige Tierlaute. Fledermäuse vielleicht, oder eine Raubkatze?
Steven verscheuchte mehrere Moskitos mit der Hand. Die Vorstellung, giftige Schlangen hätten sich unter dem Lastwagen gesammelt, kroch in sein Unterbewusstsein. Ein Nest aus Vipern und Klapperschlangen. Nicht umsonst galt Mexiko als das an Schlangen artenreichste Land der Erde, angeblich war jede fünfte hochgiftig. Und hier befanden sie sich nah des einstigen Königreichs

der Schlange, wie Bakerman die Ruinenstadt Calakmul auch betitelt hatte. Steven fühlte sich wie in einem zeitlosen Traum, gefangen zwischen der befreienden Weite der Küstenstraße und den überwucherten Ruinen des untergegangenen Maya-Imperiums.

Der Gestank von Hühnerkot und dreckigem Stroh drang in seine Nase. Teils waren die Tiere auf der Ladefläche grausam in die Enge ihrer Käfige gezwängt worden, teils einfach mit Drähten an den Füßen zusammengeschnürt und von außen an die Metallverstrebungen gefesselt.

»Ah, verdammt.«

Er hob seinen Fuß, der bis zum Knöchel in eine mit Regenwasser gefüllte Mulde eingesunken war. Er bückte sich, um das Hosenbein hochzukrempeln, als er begriff …

Das war kein Wasser. Es war Blut.

Steven erkannte den feuchten Glanz auch an den Blättern der ihn umgebenden Sträucher.

»In wáamigo«, vernahm er ein leises Stöhnen aus dem Dickicht.

Vorsichtig trat er näher – und erstarrte.

Er hatte nach Bakerman rufen wollen, aber kein Laut entrann seiner trockenen Kehle. Jemand lag dort zwischen den Büschen.

Große, tief liegende Augen funkelten ihn aus der Dunkelheit an. Der Schädel war unnatürlich lang und missgestaltet, aber es war ohne Zweifel ein Mensch, der sich dort auf dem Boden wälzte. Zusammengekrümmt, mit gebrochenen Beinknochen, die spitz unter der dünnen Leinenhose hervorschauten, lag der Mann zuckend und wimmernd auf der blutgetränkten Erde.

»In wáamigo«, wiederholte er schwach. »Baaxkin ulech?«

Die Mundhöhle des Mannes war ein leerer, zahnloser Schlund, sein Atem drang faulig herüber.

Steven wollte antworten, aber er konnte nicht. Er verstand die Worte nicht. Er taumelte. Die Luft schien dünner zu werden, er schluckte schwer, seine Lungen zogen sich zusammen.

»Baaxkin ulech, *Gabriel*?«

Gabriel?

Alles begann sich zu drehen.

Steven glaubte, ein Heer von Schlangen aus den Wipfeln der Bäume niederstürzen zu sehen. Zu seinen Füßen rauschte ein endloses Meer aus Blut und Tränen und Schmerz.

Dann verlor er das Gleichgewicht, verlor den letzten Bezug zum Licht, tauchte ein in die Schwärze und stürzte …

3

Die Lichter des CN-Tower funkelten unter dem sternenklaren Nachthimmel von Toronto. Die imposante Skyline aus Wolkenkratzern und Bürokomplexen weit überragend, schraubte sich das höchste freistehende Gebäude der Welt in über fünfhundert Meter Höhe. Das rundum verglaste Restaurant, das als winzige sich drehende Kugel hoch über dem hektischen Treiben der kanadischen Metropole rotierte, schimmerte wie eine im Sturz erfrorene Sternschnuppe.

Larry Newman und Joyce Kramer saßen in einem Taxi, das sie durch den späten Abendverkehr in Richtung Innenstadt schleuste. Ihr Fahrer war Grieche, nicht älter als Mitte zwanzig, mit wallender Haarmähne und einer gewöhnungsbedürftigen Art, seinen Kaugummi schmatzend mit leicht geöffnetem Mund zu genießen. Auf dem verwaschenen T-Shirt war ein Spruch des Philosophen Sokrates abgedruckt: *Ich weiß, dass ich nichts weiß*. Darunter prangte ein Bild von Homer Simpson.

Sie waren nach Toronto gekommen, um sich mit Jean-Paul Legrand zu treffen, einem ausgewiesenen Experten für untergegangene und im Speziellen mittelamerikanische Kulturen.

Und sie waren spät dran.

Zwar war der viereinhalbstündige Flug von Vancouver in den Osten Kanadas ohne Zwischenfälle verlaufen, aber nach der Landung hatte es Probleme mit der Gepäckabfertigung gegeben. Torontos Lester B. Pearson

International Airport wickelte ein Drittel des gesamten kanadischen Luftverkehrs ab, infolgedessen waren derartige Komplikationen nicht unüblich. Offensichtlich war es zu einer Verwechslung der Flugnummern gekommen, sodass Larry und Joyce zusammen mit den anderen Fluggästen über zwei Stunden auf ihr Gepäck hatten warten müssen. Erleichtert, den Terminal endlich verlassen zu können, hatten sie sich statt eines Mietwagens das nächstbeste Taxi geschnappt und sich sogleich auf den Weg zu Legrand begeben.

Larry verfolgte für einen Moment fasziniert das ungleichmäßige Baumeln der Miniatur-Akropolis aus Schaumstoff unter dem Rückspiegel, dann wandte er sich wieder an Joyce.

»Was wissen Sie eigentlich über diesen Legrand?«

»Nicht viel. Lebt recht zurückgezogen am Ufer des Lake Ontario, war vor Jahren mal Gastdozent an der University of Toronto, wurde aber gefeuert, nachdem er seine Weltverschwörungstheorien im Internet veröffentlicht hatte. Momentan hilft er dem Royal Ontario Museum bei der Archivierung ihrer Ausstellungsstücke.«

»Hätten wir ihm nicht einfach ein Foto der Skulptur schicken können?«

Joyce beugte sich vor und tippte dem Taxifahrer auf die Schulter. »Biegen Sie an der nächsten Kreuzung links ab. So umgehen wir dem Stau am Ende der Avenue Road.«

Der Mann blickte sie durch den Rückspiegel erstaunt an. »Okay.«

Joyce lehnte sich zurück. »Keine Sorge, wir sind bald da.«

»Woher wissen Sie, wo in Toronto Stau ist?«, fragte Larry verwundert.

»Um diese Zeit ist das hier wie ein Naturgesetz.«

»Ah ja.«

»Sie wollten wissen, warum wir Legrand nicht einfach ein Foto geschickt haben.«

»Hätte eine Menge Zeit und Geld gespart, meinen Sie nicht?!«

Joyce nickte. »Sicher. Deshalb hat Bakerman genau das auch getan.«

»Wie bitte?«

»Sie und ich, Larry, wir sind hier, weil Legrand ausdrücklich auf ein persönliches Gespräch bestanden hat.«

Larry musterte Joyce im vorüberziehenden Farbenspiel der Straßenlaternen und Autoscheinwerfer. Sie war mit ihren neunundzwanzig Jahren etwas jünger als er, doch Bakermans Vertraute hatte bereits viele Attitüden ihres Mentors übernommen. Die Fähigkeit, ihre Gefühle zu kontrollieren, ebenso wie die zweifelhafte Begabung, ihre Mitmenschen mit unerwarteten Offenbarungen zu verstören.

»Weshalb erzählen Sie mir das erst jetzt?«, wunderte er sich.

»Was spielt das für eine Rolle? Wir sind hier. Wir treffen uns mit Legrand im Museum. Danach kontaktieren wir Bakerman und warten ab, wohin der nächste Flug geht.«

»So einfach ist das?«

Joyce Kramer registrierte zufrieden, wie das Taxi an der gewünschten Kreuzung abbog, und blickte Larry dann tief in die Augen. »Haben Sie etwas anderes erwartet?«

»Wie wäre es mit einem Abendessen? In einem Thai-Restaurant unten an der Promenade vielleicht.«

Ein Zucken umspielte ihre Mundwinkel. »Darüber lässt sich reden.«

Die Nacht war erfüllt vom Trubel auf den Bürgersteigen und den zahllosen Neonreklamen, die je nach Straßenzug ihre Sprache wechselten. Mittlerweile stammte jeder zweite Bürger Torontos aus dem Ausland. Die unterschiedlichen Stadtviertel wie Chinatown, Little Italy, Greektown oder Koreatown zeugten von ebendieser ethnischen Vielfältigkeit.

Bevor sie das Royal Ontario Museum erreichten, versuchte Joyce Kramer noch dreimal, Jean-Paul Legrand auf seinem Mobiltelefon zu erreichen. Vergebens. Eine automatische Ansage verkündete, dass der gewünschte Teilnehmer derzeit nicht erreichbar sei.

»Sollte uns das nachdenklich stimmen?«, fragte Larry, als sie das Taxi bezahlten und vor dem riesigen Museumskomplex ausstiegen.

»Ach, wissen Sie«, seufzte Joyce, »ich kenne es schon gar nicht mehr anders.«

Das Royal Ontario Museum hatte seine Pforten längst geschlossen. Dennoch benötigten sie kaum mehr als drei Minuten, um den Sicherheitsbeamten am Personaleingang zu überzeugen, dass sie im Zuge wichtiger Ermittlungen einen Blick in die Archive werfen mussten. Larry Newman hatte den Ausweis noch nie zuvor gesehen, mit dem Joyce sich und ihn als Regierungsbeauftragte zu identifizieren wusste. Aber was diese Methoden betraf, stellte Larry schon lange keine Fragen mehr.

Eine andächtige Stille erfüllte das Labyrinth der menschenleeren Gänge und Hallen, in denen sich eindrucksvoll die unterschiedlichsten Relikte vergangener Epochen sammelten. Das riesige Gebäude beherbergte über sechs Millionen Exponate, einige von ihnen mehr als viertausend Jahre alt. Ton- und Steinfiguren aus Afrika, prächtige Vasen aus Asien und zahllose Meisterwerke der antiken Tempelkunst stellten nur eine kleine Auswahl dessen dar, was das größte Museum Kanadas seinen Besuchern täglich zu bieten hatte.

Joyce lenkte ihre Schritte zielgerichtet in das zweite

Stockwerk, dessen Flure ebenfalls nur spärlich beleuchtet waren. Hier wurde die Kunst- und Kulturgeschichte des Mittelmeerraums ausgestellt, zusammen mit der Aufbahrung altägyptischer Mumien. Der Geruch von Alter und Erhabenheit durchzog die Räume. Von der Balustrade blickte Larry hinab auf die naturwissenschaftliche Abteilung, in der Saurierskelette und aufwendig hergestellte Schaukästen beherbergt wurden, welche die Biotope der Säugetiere nachbildeten.

»Worauf warten Sie, Larry?«

Joyce stand vor einer Tür mit dem Schriftzug NUR FÜR PERSONAL. Ihr elektronischer Dietrich steckte bereits im Schloss, um ihnen den Zugang zu den abgesperrten Bereichen der museumsinternen Archive zu ermöglichen.

»Ich dachte, Legrand erwartet uns bereits.«

»Das dachte ich auch. Aber die Tür ist verschlossen und sein Telefon abgestellt. Haben wir eine Wahl?«

»Ladies first.«

Ein kurzes Summen, dann schwang die Tür widerstandslos auf und offenbarte den Blick in eine weitläufige Halle.

»Sehen wir uns mal um, Larry«, sagte Joyce leise, und die beiden schlugen getrennte Wege ein. Während sie sich den Ostflügel vornahm, schritt Larry Newman durch den Westkorridor.

Schwere Regale durchzogen in symmetrischen Bahnen das von standardisierten Tischlampen erhellte Archiv. In luftdichte Folien verpackte Bücher türmten sich neben verschlossenen Metallkisten bis unter die Decke.

Auf den zahlreichen Tischen ruhten Schaukästen, um die darin befindlichen Manuskripte vor Luftfeuchtigkeit und Temperaturschwankungen zu schützen. Larry hatte irgendwo gelesen, dass die Bewahrung von Papier für

Archivare ein ernst zu nehmendes Problem darstellte. Zerstörung durch Säurefraß, Feuchtigkeit, Schädlinge, all das musste beachtetet werden. Demzufolge besaß die Halle, die auch als Restaurationsraum für in Mitleidenschaft gezogene Artefakte vergangener Tage genutzt wurde, keine Fenster und nur eine Eingangstür sowie einen Notausgang.

Larry schlenderte durch die Gänge zwischen den Regalen, als er auf einem der Stühle eine lederne Aktentasche entdeckte. Er stutzte und trat dann näher.

Auf dem Tisch davor lag ein aufgeschlagenes Buch. Die Abbildungen zeigten traditionelle Bestattungsrituale aus Guatemala. Larry blätterte einige Seiten um, dann griff er nach der Aktentasche.

In diesem Moment nahm er eine ruckartige Bewegung hinter sich wahr. Er wirbelte herum und konnte soeben noch verhindern, dass ihn der Stock am Kopf traf.

»Hey!«, rief er erschrocken.

Der alte Mann senkte die Krücke und drohte energisch mit dem Zeigefinger der anderen Hand. »Finger weg von meiner Tasche!«

Larry trat zwei Schritte beiseite. »Keine Sorge. Ich suche Mister Jean-Paul Legrand. Ich ...« Er stockte.

Der Alte neigte den Kopf leicht nach hinten und stieß ein gurgelndes Röcheln aus, das nur entfernt mit einem Kichern zu vergleichen war. Hinter der getönten Sonnenbrille konnte Larry die Augen nicht ausmachen.

»Wer sich vor einem alten Irren mit einem Stock fürchtet, wird wohl kaum die letzten Geheimnisse von Leben und Tod verkraften können!«

»Mister Legrand?«

Der Mann blickte an sich herunter und nickte. »Ich fürchte, ja.« Ein Hustenanfall erschütterte die gebrechliche Gestalt. »Meine Augen sind nicht mehr die besten. Mit wem habe ich das Vergnügen?«

»Larry Newman, Sir. Ich bin im Auftrag von Mister Bakerman hier.«

»Bakerman.« Legrand ließ die drei Silben auf seiner Zunge zergehen. »Es ist lange her.«

»Wir hatten versucht, Sie zu erreichen, aber Ihr Mobiltelefon war ausgeschaltet.«

»Kann sein. Ich habe wichtige Dinge zu erledigen.«

Jean-Paul Legrand nahm die Aktentasche vom Stuhl und setzte sich. Seine Haare waren leicht verfilzt und der Anzug an den Schultern eingerissen. Der Mann machte auf Larry den Eindruck, als würde er unter Brücken schlafen.

»Ein Museum ist wie eine Grabstätte«, fuhr Legrand mit gedämpfter Stimme fort, als fürchtete er, belauscht zu werden. »Wir sind umgeben von Grabbeilagen und Reliquien des Todes und der Toten.«

»Wie Sie meinen.« Larry fiel nichts Besseres ein. Ein wenig hilflos schaute er sich nach Joyce um, aber sie war nirgends zu sehen.

Derweil blätterte Legrand mit zittrigen Fingern in dem aufgeschlagenen Buch vor sich. »Seit Anbeginn der Menschheit wurde in allen uns bekannten Kulturen über das Sterben nachgedacht, über die Ansicht, dass Körper und Geist nicht identisch sind, über die Vorstellung einer unsterblichen Seele, losgelöst von Tod, Fleisch und Zeit.«

Legrand hob den Kopf und starrte Larry durch die dunklen Brillengläser lange an. »Das Geheimnis der anderen Seite jenseits unserer irdischen Existenz. Das ist es, wonach wir streben müssen.«

»Ehrlich gesagt, kann ich Ihnen nicht ganz folgen.«

»Bakerman muss bereit sein, seinen Verstand zu öffnen für die Unbegreiflichkeit der einzigen Wahrheit.«

Larrys Skepsis nahm mit jedem Moment weiter zu. Ein Verschwörungstheoretiker mit Hang zu wilden Floskeln. Wie sollte der ihnen weiterhelfen? »Ah ja. Und *Sie* kennen diese Wahrheit?«

»Seit Jahrtausenden streiten Philosophen und Theologen über Wiedergeburt, Erlösung und das ewige Nichts. Sei es in den Ahnenkulten der Steinzeit, den philosophischen Ausführungen von Platon oder den Lehren über Seelenwanderungen, so wie die Brahmanen und Buddhisten sie verkünden. Ganz zu schweigen von der biblischen Prophetie und ihren Visionen von Himmel und Hölle. Was ist Lüge, was ist Wahrheit? Und wer bin ich, dass ich es wage, darüber urteilen zu wollen?« Legrand versank in Schweigen, während sein Blick unruhig über die Regalwände huschte.

»Bücher, Bücher, Bücher. Was können Sie uns lehren? Niemand hat Gewissheit, der nicht selbst durch den Abgrund gegangen ist.«

Larry fragte sich, wie lange Bakerman und Legrand sich nicht mehr gesprochen hatten. Möglicherweise waren dem alten Mann in der Zwischenzeit Dinge widerfahren, die seinen Verstand umnachtet hatten.

»Sie denken, ich bin verrückt, nicht wahr?«

Larry zuckte innerlich zusammen. »Auf keinen Fall.«

»Sie sind einer von denen, die nur das glauben, was sie sehen. Sie lesen diese modernen Wissenschaftsjournale über Gehirnforschungen und absonderliche Behauptungen, dass unsere Körper und Seelen nur das launische Verhalten einer Ansammlung von Nervenzellen und DNA-Molekülen sind. Dass es nur chemisch-biologische Prozesse im Gehirn sind, hundert Milliarden verschalteter Neuronen, die zu einem subjektiven Innenleben des Bewusstseins führen. Nicht mehr und nicht weniger. Damit erklären wir Funktionen des Lebens im Diesseits, nicht aber die Ursache für unsere Existenz, die Wahrheit über unsere Beseelung.«

»Alles schön und gut«, fiel ihm Larry, der sich mit der

Situation allmählich überfordert fühlte, ungeduldig ins Wort. »Meine Kollegin Ms Kramer und ich …«

»Kollegin?« Legrand wurde hellhörig. »Sie sind nicht allein gekommen?«

Der Mann fasste sich erschrocken in den Mund und presste sein gelockertes Gebiss wieder an den Oberkiefer.

»Alles okay mit Ihnen?«

»Meine Zähne. Erst waren es meine Zähne«, keuchte Legrand. »Und dann mein Augenlicht. Aber ich gebe nicht auf.«

»Larry?«

Joyce Kramer stand keine fünf Meter entfernt. An ihrer Hand hielt sie ein kleines Mädchen, nicht älter als sieben Jahre. Es hatte große, traurige Augen. Das Haar war stark ergraut und kurzgeschnitten.

»Ah, Lara. Da bist du ja.« Der Historiker hustete. »Ich hatte dir doch gesagt, du sollst nicht allein umhergeistern.«

»Ist das Ihre Tochter?«, fragte Joyce.

»Meine Adoptivtochter. Ich habe sie vor elf Monaten aufgenommen.« Legrand seufzte schwer. »Nach dem Tod meiner Frau.«

»Das Mädchen trägt Ihr Mobiltelefon bei sich, Mister Legrand. Wir hatten versucht, Sie zu erreichen.«

»Jetzt haben Sie mich ja gefunden.«

Lara löste sich von Joyce Kramers Hand und lief zu ihrem Ziehvater, der sie sogleich in die Arme schloss.

»Die Kleine begleitet mich, sooft es geht. Sie ist eine große Hilfe. Ich bin ja nicht mehr der Jüngste.«

Joyce und Larry sahen einander kurz an.

»Wir haben nicht viel Zeit. Die Maya-Statue, von der Sie ja bereits ein Foto haben, befindet sich hier in meiner Tasche. Ich werde sie …«

»Nein!« Jean-Paul Legrand war auf einen Schlag blass

wie der Tod geworden. »Bei allem, was Ihnen heilig ist, lassen Sie es, wo es ist!«

»*Es*?«, wiederholte Joyce verständnislos.

»Hat die Frau auch so eine Figur, Papa?«, flüsterte das Mädchen, und weder Larry Newman noch Joyce Kramer entging der ängstliche Gesichtsausdruck.

»Keine Angst, Lara.«

»Das ist es also«, sagte Joyce und zog den Reißverschluss ihrer Tasche wieder zu. »Sie haben die Figur auf dem Foto wiedererkannt. Nicht aus Überlieferungen oder einem Buch oder dergleichen, sondern weil Sie selber eine besitzen. Sie wollten die beiden vergleichen, nicht wahr? Deshalb mussten wir zu Ihnen kommen.«

»Sie spüren es doch auch, oder?! Sie müssen es doch fühlen!«

Joyce verzog keine Miene. »Wenn Sie uns etwas mitzuteilen haben, dann tun Sie es! Jetzt!«

»Nicht hier«, stammelte Legrand und senkte den Blick. Er strich Lara liebevoll über das silbrig-graue Haar. »Dieser Ort ist nicht geeignet. Wir sind umgeben von den Geistern der Vergangenen. Wir müssen weg von hier.«

»Aber *Sie* haben uns doch ins Museum bestellt«, protestierte Larry, dem der labile Zustand des alten Mannes immer weniger behagte.

»Ich wollte recherchieren, ich wollte ... Aber es war ein Fehler. Kommen Sie!«

Joyce blickte zurück zur Tür. »Einverstanden. Wohin?«

»Zu mir nach Hause.« Legrand führte die kleine Lara bereits am Arm in Richtung Notausgang. »Rufen Sie uns ein Taxi zum Hinterhof.«

»Ich begleite Sie«, entgegnete Joyce Kramer in einem Tonfall, der keinen Widerspruch zuließ. »Larry, holen Sie unsere Koffer und treffen Sie uns hinter dem Museum.«

Ohne ein weiteres Wort eilte Larry Newman zurück zur Wachstube.

4

Jean-Paul Legrand lebte mit seiner Adoptivtochter außerhalb der Stadt am Ufer des Lake Ontario. Er wies den Taxifahrer an, etwa fünfzig Meter vor dem Tor zum umzäunten Grundstück zu halten, und bezahlte den Mann großzügig.

Larry und Joyce folgten Legrand und dem Mädchen über eine frisch gemähte Wiese zu seinem Haus. Das zweistöckige Gebäude erinnerte an eine Holzfällerhütte, aus dicken Stämmen gebaut und mit schweren Fensterläden, die sich von innen verriegeln ließen.

Auf dem dunklen Wasser des Lake Ontario schimmerten die Lichter zweier Schiffe, vermutlich Fähren, die von Torontos Hafen in die Vereinigten Staaten fuhren. Die Grenze zu Kanada verlief auf dem See im wahrsten Sinne des Wortes fließend.

»Schöner Anblick, nicht wahr?«, krächzte Legrand heiser, während er nach seinem Hausschlüssel suchte.

»Und angenehm still«, ergänzte Larry, der sich an seine Heimat, das Yukon-Territorium, erinnert fühlte.

»Der See ist so groß, dass sich die Gezeiten bemerkbar machen«, murmelte Legrand und führte den Schlüssel ins Schloss. »Man hat sogar ein Meer aus flüssigem Methan nach ihm benannt.« Der Mann blickte empor zum Sternenhimmel. »Oben, auf Titan, einem der Monde des Saturn.«

»Äußerst interessant«, bemerkte Joyce mit unverhohlenem Desinteresse.

Legrand zuckte zusammen, als hätte sie ihn beleidigt. »Wenn Sie es so eilig haben, Ms Kramer, dann tun Sie uns doch einen Gefallen.«

Joyce ignorierte die Bitterkeit in seiner Stimme. »Gern.«

»Während ich alles mit Mister Newman vorbereite, bringen Sie Lara bitte ins Bett.«

»Mister Legrand, ich bin kein Kindermädchen. Wir wurden hierher geschickt, um ...«

»Um mich anzuhören!«, fiel ihr der halbblinde Mann schroff ins Wort. »Also verscherzen Sie es sich nicht mit mir.« Er öffnete die Tür, und ein muffiger Geruch strömte vom Hausflur hinaus in die Nacht.

Joyce wollte zu einer Erwiderung ansetzen, als sich eine zierliche Hand um ihre Finger schloss. Sie schaute hinab. Da war etwas in den Augen der kleinen, grauhaarigen Lara, das ihren Zorn jäh verebben ließ.

»Mein Zimmer ist gleich am Ende des Flures.« Die kleine Lara lächelte versonnen.

»Also schön.«

Larry winkte ihnen noch einmal achselzuckend zu, dann folgte er Legrand zu dessen Arbeitszimmer. Joyce vernahm, wie sich das Geräusch der Krücke langsam entfernte.

»Hier entlang.« Lara führte sie in ihr Kinderzimmer. Es war ein enger Raum, spärlich eingerichtet und wie der Rest der Hütte schlecht gelüftet. Als das Kind die Nachttischlampe einschaltete, fiel Joyce sogleich auf, dass es keinerlei Spielzeug gab, keine Puppen, keine Stofftiere, nichts. Das Zimmer besaß nur ein Bett, einen Kleiderschrank und eine angerostete Metallwanne, auf deren Grund schwarze Erde und mehrere trockene Blütenblätter lagen.

Durch das Fenster konnte Joyce in den Garten sehen, wo mehrere Beete mit den unterschiedlichsten Gewächsen angelegt waren. Einige der Stauden wurden von langen Metallrohren gehalten.

»Ist das euer Kräutergarten?«

Lara stellte sich auf einen Tritt neben ihr und berührte mit ihren Fingerkuppen zaghaft die Scheibe. »Ich kümmere mich um die Beete. Damit Daddy nicht so viel Arbeit hat.«

»Und welche ist deine Lieblingspflanze?«, fragte Joyce.

»Der Rote Fingerhut«, lächelte das Kind. »Daddy sagt, er hilft gegen den bösen Blick. Die Kobolde haben ihn früher als Mütze getragen.«

»Ach, so ist das«, sagte Joyce und wandte sich ab.

Sie half der Kleinen in ihr Nachthemd und wartete, bis Lara im Bett war.

»Schließt du noch die Fensterläden? Daddy mag es nicht, wenn sie offen sind.«

Joyce öffnete das Fenster und zog die Außenläden zu. Zögerlich verriegelte sie die Scharniere mit einem schweren Vorhängeschloss. Augenblicklich wirkte das Zimmer noch beengender. Die Lampe neben dem Bett flackerte ein wenig.

»Danke«, flüsterte Lara unter ihrer Bettecke. »So ist es Daddy am liebsten. Er hat nämlich Angst vor bösen Leuten.«

»Ach ja?«

Lara blickte sie an, ohne zu blinzeln. »Dabei ist es hier so ruhig am See. Wir hatten noch nie einen Einbrecher.«

»Keine Sorge, dein Daddy hilft uns bei der Jagd auf die bösen Leute«, sagte Joyce. Welche Feinde Jean-Paul Legrand auch haben mochte und wie verwirrt sein Geisteszustand auch war, seine Adoptivtochter schien sich in der Abgeschiedenheit am Lake Ontario geborgen zu fühlen. Joyce kannte das Gefühl, ohne Eltern aufzuwachsen. Sie fragte sich, was das arme Kind wohl durchgemacht hatte, bevor sie von Legrand aufgenommen worden war.

»Gute Nacht.«

»Gute Nacht, Lara.« *Du brauchst heute Nacht keine Angst zu haben.*

Ein letzter Lichtstrahl glitt vom Flur in den Raum, dann schloss Joyce Kramer die Tür hinter sich.

»*Ich* nicht«, sagte das Mädchen, und ein kaltes Grinsen stahl sich in die plötzliche Finsternis des Kinderzimmers.

Larry Newman blickte sich staunend im fensterlosen Arbeitszimmer um. Selten zuvor hatte er ein derartiges Chaos aus losen Papieren und zerlesenen Büchern erblickt.

Eine geschwungene Wendeltreppe führte ins Obergeschoss. An der Wand dahinter hing das Periodensystem der Elemente, in eine gesprungene Holztafel geritzt, darüber ein mehrfach übermaltes Ölgemälde, auf dem einst ein Vulkan oder ein schneebedeckter Berg zu sehen gewesen sein musste. Nun zierten sonderbare Symbole und fremdartige Runen die löchrige Leinwand.

Auf einer Werkbank reihten sich Reagenzgläser und Bunsenbrenner aneinander, während von der Decke in langen Reihen getrocknete Pflanzen hingen. Ihr würziger Geruch vermengte sich mit dem von altem Holz und abgestandener Luft.

»Setzen Sie sich doch.« Legrand zeigte mit seinem Krückstock auf einen Ohrensessel.

Larry räumte die Kissen frei und ließ sich nieder. Für seinen Geschmack sank er viel zu tief in die weiche Polsterung ein. »Sind das Heilkräuter oder so was in der Art?«, fragte er mit Blick auf die von oben herabhängenden Bündel.

»Ach, Mister Newman, fast jede Pflanze kann man als Heilpflanze bezeichnen. Alraunen, Schafgarbe, Blutwurz, Aronstab, Ginseng, Johanniskraut, Klatschmohn, ich könnte ewig so fortfahren. Wichtig ist allein die Dosierung der Extrakte und Absude, denn nur die entscheidet über den schmalen Grat zwischen Heilung und Gift. Über Leben und Tod.« Legrands dunkle Brillengläser fixierten Larry. »Fassen Sie besser nichts an, haben Sie mich verstanden?«

Larry Newman gab zu erkennen, dass er durchaus verstand.

»Gut. Der Mensch will das Universum erforschen, aber er versteht noch nicht einmal die Wunder der Natur, die im Verborgenen dieser Erde lauern.« Mit zusammengekniffenen Lippen stöberte Legrand in einem Stapel Papiere, ohne von seinem Gast weitere Notiz zu nehmen.

Ein Geräusch aus Richtung der Treppe ließ Larry aufhorchen.

»Das ist Milton«, murmelte der alte Mann abwesend. »Er ist harmlos.«

»Wie nett.«

Trotz der beruhigenden Worte behielt Larry den hochgewachsenen Schlittenhund gut im Auge. Es war ein sibirischer Husky. Schnüffelnd und mit wedelndem Schwanz pirschte sich das Tier an Larrys Sessel heran und rollte sich dann zu seinen Füßen zusammen.

»Ist er so was wie ein Blindenhund?«

»Nein. Milton gehörte meiner verstorbenen Frau.«

Legrand verharrte in seiner Suche zwischen den Dokumenten. »Siebenundzwanzig Jahre verheiratet. Stellen Sie sich das vor. Und dann, von einer Sekunde auf die andere: vorbei! Herzinfarkt!«

»Das tut mir sehr leid.«

Legrand schien ihn gar nicht zu hören. »Es passierte im Kinderheim ... vor fast genau einem Jahr. Wir hatten uns für Lara entschieden, mit ihrem weisen Lächeln. Kaum hatten wir alle Papiere unterschrieben, kaum stand dieses zarte, schüchterne Mädchen vor uns, reisefertig mit nichts weiter in der Hand als einer winzigen Tasche, da ist es passiert.«

Er stützte sich an der Tischplatte ab. Milton hob den Kopf und lauschte in die plötzliche Stille. »Wissen Sie, was ihre letzten Worte waren, Mister Newman?«

Larry sagte nichts.

»*Bitte nicht*. Das hat sie gesagt, bevor sie in meinen Armen zusammenbrach. *Bitte nicht* ... Damit fing alles an.«

»Was fing damit an?«, kam es von der Tür.

Joyce Kramer betrat das Arbeitszimmer, sah sich kurz um und wiederholte ihre Frage: »Was haben Sie uns bislang verschwiegen?«

Jean-Paul Legrand atmete tief durch, dann griff er langsam nach seiner getönten Brille und nahm sie ab. Die blassen Augen hatten jegliche Pigmentierung verloren und glänzten wie fahle Murmeln in den tiefliegenden Höhlen.

»Meine Augen sterben, Ms Kramer. Und das ist nicht alles.«

Er stellte eine Kiste auf den Tisch und legte behutsam beide Handflächen auf den Truhendeckel. »Das vergangene Jahr hat mir nicht nur den Tod meiner Frau und eine Tochter beschert. Ich habe meine Zähne verloren, einen nach dem anderen. Und meine Sehstärke ließ immer mehr nach. Ebenso wie die Kraft in meinen Beinen – mit jedem Tropfen Blut, den ich an den Gesandten abgegeben habe.«

Joyce hatte den Husky zu Larrys Füßen aufmerksam gemustert, nun aber galt ihre ungeteilte Aufmerksamkeit Jean-Paul Legrand. »Der Gesandte? Welcher Gesandte?«

»Blut hält das Gleichgewicht aufrecht. Dank meines Blutes konnte ich den Verfall meines Körpers rechtzeitig stoppen.«

»Wovon reden Sie?«

»Ich erkläre es Ihnen. Deshalb sind Sie beide ja hier. Aber Sie müssen mir vertrauen.« Legrand setzte die Brille wieder auf und öffnete das Schloss der Kiste vor ihm. »Können Sie das?«

Larry blickte Joyce an und schüttelte den Kopf.

»Bakerman vertraut Ihnen. Wir vertrauen Ihnen«, stellte Joyce nüchtern klar.

»Sehr gut«, flüsterte Legrand. »Noch ist es für Sie beide nicht zu spät.« Er hob den Deckel an und entnahm der kleinen Truhe einen in dunkelgrünes Tuch eingeschlagenen Gegenstand.

»Erst hatte ich es mit Schutzsymbolen und speziellen Tinkturen versucht. Vergeblich. Blut allein hat mich zum Ziel geführt. Blut allein hat mich vor der Aura des Gesandten geschützt.«

Legrand zog das Tuch von der Figur.

»Ein Grauer Engel«, entfuhr es Larry.

Legrand lächelte versonnen. »Grauer Engel? Was für ein wundervoller Name, Mister Newman.«

Der Hund knurrte.

»Ruhig, Milton.«

Joyce griff in ihre Umhängetasche und brachte die Skulptur zum Vorschein, die Bakerman ihr Stunden zuvor übergeben hatte. »Sie gleichen einander bis ins letzte Detail.«

»Darf ich?«

Ehrfürchtig stellte Legrand beide Keramikfiguren nebeneinander, mit ausreichendem Abstand, um seinen eigenen Kopf dazwischen zu betten. Für einen Moment war es totenstill in der Kammer.

Dann zuckte der alte Mann zurück.

Eine feine Blutspur rann ihm aus dem linken Nasenloch. Er fing das Blut mit seinem Zeigefinger auf und strich es an den Nachbildungen der zwei Grauen Engel ab.

Milton knurrte noch immer. Sein Schwanz hatte sich aufgerichtet und er fletschte bedrohlich die Zähne.

»Milton!«

Ein Winseln entfuhr der Kehle des Tieres, als ihn die harte Stimme seines Herren erreichte. Dann verkroch sich der Husky zurück hinter den Ohrensessel.

»Was machen Sie da?«, wollte Larry wissen, der aufgesprungen war.

»Ich brauche Ihr Blut! Sofort!«

»Sind Sie übergeschnappt?«

»Vertrauen Sie mir! Tun Sie es!«

Legrand reichte Larry einen metallenen Brieföffner, dessen scharfe Spitze dunkel gefärbt war. »Ein paar Tropfen werden reichen.«

»Ich denke nicht daran!«

»Dann verschwinden Sie aus meinem Haus! So kann ich Ihnen nicht helfen!«

»Geben Sie uns einen Grund, warum wir so etwas tun sollten«, entgegnete Joyce.

»Sehen Sie doch: Diese Figuren waren einmal rot. Blutrot, wenn Sie verstehen?! Gekühlt und geformt mit menschlichem Blut, der Hauptnahrung der Maya-Götter.«

»Die Maya ...?!« Joyce musste an Bakerman und Steven denken. Die Figur stammte aus einem Maya-Tempel, zu dem beide vor einigen Stunden aufgebrochen waren. Was wusste Legrand? »Erzählen Sie uns mehr!«

»Ihre Skulptur stammt aus Mexiko. Aus Calakmul, soviel ich von Bakerman erfahren konnte. Meine von einem alten Freund aus Chicanná, nicht weit von den Ruinen entfernt. Miguel wusste um meine Nachforschungen, was versunkene Kulturen betraf. Er hatte Furcht, aber er vertraute mir.«

»Miguel?«

»Unwichtig. Diese Figuren zeigen keine uns bekannten Maya-Götter. Aber ihre Machart deutet zweifellos auf eine Form der Verehrung hin. Sie wurden vor Tausenden von Jahren gefertigt.«

»Müssen Sie sie nicht erst untersuchen?«, wunderte sich Larry misstrauisch.

»Unsinn. Was glauben Sie, womit ich die vergangenen Monate verbracht habe?« Legrand begann zu zittern. »Aber sie sind anders als alle anderen. Sie brauchen Blut. Ihr Blut!«

Joyce verschränkte die Arme vor der Brust.

Legrands Tonfall wurde hektischer. »Aus Sicht der Maya war das Blut Sitz der Seele. Da man sich die Seele rauchförmig vorstellte, fingen die Priester in Ritualen gewonnenes Blut mit Papierstreifen auf, die anschließend verbrannt wurden. Wie später bei den Azteken oder anderen mittelamerikanischen Religionen dienten solche Opfergaben nicht allein dazu, die Götter gewogen zu machen. Vielmehr war es der Opferdienst der Ergebenen, der die Götter in gewisser Weise am Leben erhielt. Die Essenz menschlichen Lebens wurde weitergeleitet. In der Maya-Kunst war es daher nicht unüblich, Könige zu zeigen, die einen Gott als Säugling oder Kind im Arm trugen. Gleichwohl wurden die Götter auch als Wesen dargestellt, die uralt waren.«

»Götter als Kinder?«, fragte Larry verwirrt.

»Ein ewiger Kreislauf aus Sterben und Wiedergeburt. Bis eines Tages die Rückkehr der wahren und letzten Götter allem Einhalt gebieten wird.«

»Also stellte nach Ansicht der Maya das menschliche Blut eine Verbindung zu ihren Göttern her?«, fasste Joyce zusammen.

»So ist es.« Der alte Mann leckte sich über die spröden Lippen. »Die Farbe Rot war somit die wichtigste Zeremonialfarbe der Maya. Es wird angenommen, dass die heiligen Tempelpyramiden im Dschungel früher einmal vollkommen damit bedeckt waren.«

»Mit roter Farbe, meinen Sie?«, fragte Larry unsicher. *Nicht mit Blut, oder?*

Jean-Paul Legrand achtete nicht auf ihn. »Etwas umgibt diese Götzen, etwas, das uns, die Ahnungslosen, verschlingt, sobald wir mit ihnen in Berührung kommen. Ich weiß nicht, was für eine Kraft diesen Grauen Engeln, wie Sie sie nennen, innewohnt. Aber ich weiß, dass es mir die Zähne raubte, es nahm mir das Augenlicht, und es zehrt noch immer an meiner Kraft. Wenn Sie die Figur weiter mit sich führen wollen, dann geben Sie mir Ihr Blut. Jetzt ...«

»Larry, der Brieföffner.«

»Sie wollen doch nicht wirklich ...?« Larry Newman schauderte bei dem Gedanken, den geflügelten Wesen ein Opfer zu bringen.

Joyce sah ihn entschlossen an. »Uns bleibt keine Wahl. Wir brauchen Antworten.«

Sie schnitt sich mit der Klinge über den Unterarm und drehte das kühle Metall zweimal in der Wunde. Dann reichte sie den Gegenstand an den alten Mann weiter.

»Und jetzt Sie.«

Larry Newman konnte nicht glauben, dass er wirklich tat, wozu Jean-Paul Legrand sie beide aufgefordert hatte. Aber nur wenige Sekunden später klebte auch sein Blut an den dämonischen Götzenfiguren der Grauen Engel.

Ein sonores, kaum wahrnehmbares Summen erhob sich für einige Atemzüge im Raum. Dann war es vorbei.

Joyce räumte einen Stuhl frei und setzte sich. Auch

Larry nahm wieder Platz. Der Geruch des Hundes hinter ihm legte sich über den der getrockneten Pflanzen.

Jean-Paul Legrand schien zufrieden. Das Beben seines Brustkorbes wurde wieder gleichmäßiger. »Wenn Sie erlauben, Ms Kramer, dann werde ich diese Nacht dazu nutzen, mich eingehender mit unseren beiden Grauen Engeln zu befassen.«

»Hören Sie«, ergriff Joyce nach kurzer Pause das Wort, »wir haben Sie vom Museum hierher begleitet. Wir haben Ihre Opferspielchen mitgemacht und Ihren kryptischen Andeutungen gelauscht. Ich denke, es ist an der Zeit, dass Sie uns zuerst erzählen, was Sie bereits wissen.«

»Beantworten Sie mir erst eine Frage. Ist Bakerman ...?« Legrand stockte.

»Ist er was?«

»Nach Calakmul gereist?«

Joyce und Larry wechselten einen kurzen Blick. Ob Legrands erblindete Augen dem kurzen Austausch folgen konnten, war nicht zu erkennen.

»Warum fragen Sie?«

»Bakerman ist ein weiser Mann. Aber auch seine Erfahrungen haben Grenzen. Ich fürchte, er würde sich in große Gefahr begeben, wenn er dem Ursprung dieser Kunstwerke nachginge.«

Joyce zögerte kurz. »Sie vermuten richtig. Er ist nach Mexiko geflogen.«

»Dann muss ich Sie warnen. Ich habe Grund zu der Annahme, dass es noch nicht vorbei ist«, flüsterte Legrand und fuhr sich zitternd mit der Hand über den Mund. Er kicherte heiser. »Blut für die Götter, die niemals sterben.«

»Die Ruinen sind verlassen«, sagte Larry. »Was immer Sie für Gräuelmärchen über Blutopfer der Maya kennen, es ist niemand mehr da, der diesen Gebräuchen folgt.«

»Sie wissen nicht viel über die Maya, Mister Newman. Sie kennen nicht die Wahrheit hinter ihrem letzten, großen Geheimnis.«

»Sie sprechen dauernd von der Wahrheit«, erwiderte Larry kopfschüttelnd. »Dann klären Sie uns doch auf.«

»Und danach lassen Sie mich meine Studien vorantreiben?«

»Einverstanden.«

Legrand lehnte sich zurück und legte seine schwarz verfärbten Handflächen aneinander. »Die Maya blicken auf eine viertausendjährige Geschichte als Völkerbund zurück. Die Religion, die Verehrung ihrer Götter, war nicht nur Teil des kulturellen Lebens, es war das Leben. Selbst die traditionellen Ballspiele, eine bedeutsame gemeinschaftliche Zusammenführung, wurden durch die Religion institutionalisiert. Zwei Mannschaften spielten gegeneinander. Es galt einen Kautschukball durch einen Ring zu werfen. Die Regeln waren kompliziert und streng, weder Hände noch Füße durften eingesetzt werden. Ein Spiel dauerte so lange, bis eine Mannschaft geschlagen war. Dann musste der unterlegene Spielführer auf dem Felde niederknien, und ihm wurde öffentlich der Kopf abgeschlagen. Es galt als Ehre, einen derartigen Tod zu sterben und so den Göttern zu huldigen.

Aber dies war nur eine Form der alltäglichen Opferbereitschaft. Wir sprechen hier von Tieren wie von Menschen. Die Arten ritueller Hinrichtungen umfassten so einfallsreiche Methoden wie Enthaupten, Ertränken, Erhängen, Steinigen, Vergiften bis hin zu Lebendig-Begraben. Zu den grausamsten Tötungsarten gehörte, wie auch bei den Azteken später sehr beliebt, das Aufschlitzen des Brustkorbes samt Herausreißen des noch schlagenden Herzens.

Geopfert wurden Kriegsgefangene, Sklaven und Kriminelle, sogar Waisen. Dessen ungeachtet gelten die

Maya mit ihren Errungenschaften auf den Gebieten der Astronomie, der Schrift und der Architektur heutzutage als Vorbilder moderner esoterischer Bewegungen. Unfassbar, finden Sie nicht?«

Legrand beugte sich wieder vor. In seinen dünnen Fingern hielt er den blutverschmierten Brieföffner und ließ ihn mehrfach um die eigene Achse kreisen.

»Dann aber geschah etwas, das die Maya innerhalb kürzester Zeit auslöschte. Eine ganze Kultur, einfach vom Boden der Erde getilgt. Als 1540 die spanischen Eroberer nach Mittelamerika kamen, stellte sich ihnen nur noch ein absurdes Häuflein Eingeborener entgegen. Soldaten, Missionare und die Inquisition hatten mit diesen kläglichen Resten der Maya-Kultur wenig Probleme.«

»Und was hatte die Maya verschwinden lassen?«, fragte Larry irritiert.

»Niemand weiß es, Mister Newman. Im Laufe des zehnten Jahrhunderts waren die Städte plötzlich verlassen und wurden schon bald vom Urwald verschlungen. Es wurden keine Stelen mehr errichtet, keine monumentalen Steinsäulen mit ihren eingemeißelten Überlieferungen. Die Bewässerungssysteme verfielen, und das Volk der Maya löste sich auf. War es die Unfruchtbarkeit der durch den Ackerbau ausgebeuteten Böden oder etwas anderes?«

Legrand legte den Brieföffner zwischen die beiden Figuren und drehte ihn wie eine Kompassnadel.

»Eine Invasion vielleicht oder eine Naturkatastrophe? Klimaveränderungen oder eine furchtbare Epidemie? Die Wissenschaft kann es bis heute nicht sagen.«

»Und was glauben Sie?«

Hinter den getönten Brillengläsern zuckte eine Augenbraue. »Ms Kramer, die religiöse Opferbereitschaft der Maya kannte keine Grenzen. Durch Blut näherten sie sich ihren Göttern und somit dem Reich der Toten, über das sie herrschten. Das mysteriöse Verschwinden eines ganzen Volkes lässt sich für mich nicht von der Verehrung dieser allmächtigen Götzen trennen.«

»Allmächtig?«, wiederholte Joyce verwirrt. »Sie sprechen von den Grauen Engeln?«

Larry Newman kniff die Augen zusammen. »Warum haben Sie Ihre Figur eigentlich vorhin den Gesandten genannt?«

Legrand wirkte plötzlich unsicher. »Wie bitte?«

»In Zusammenhang mit diesen Geschöpfen ist uns früher schon der Begriff *Gesandte der Zwei Horizonte* untergekommen«, sagte Larry betont langsam. »Haben Sie vielleicht eine Ahnung, was es damit auf sich haben könnte?«

»Die Zwei Horizonte? Ja, das kann es sein ...«

»Mister Legrand?«

»Einen Moment!« Mit für seine Verhältnisse erschreckender Energie wühlte er atemlos im Stapel der Papiere. »Mit dem Ausfallen meiner Zähne kamen die Träume. Visionen. Ich habe sie niedergeschrieben. Ich habe etwas gesehen!«

Joyce beobachtete das fiebrige Treiben des Mannes mit fassungsloser Faszination. Es machte den Anschein, als wären sämtliche Gebrechen auf einen Schlag von Jean-Paul Legrand abgefallen. »Was haben Sie gesehen?«

»Die Zwei Horizonte!«, schrie er. »Hier!«

Hektisch entfaltete er einen Zettel und zerriss dabei die obere Hälfte. Mit zitternden Händen hielt er den Rest der noch erkennbaren Zeichnung vor sich, sodass Larry und Joyce sie sehen konnten.

»Sieht aus wie ein gigantischer Schlangenkopf«, hauchte Larry. Aber das war nicht alles. Inmitten des weit aufgerissenen Mauls schwebten geflügelte Kreaturen in einer fahlgrün schimmernden Feuersbrunst.

»Die Inschrift, die Inschrift«, wimmerte Legrand, als würde es ihm körperliche Schmerzen bereiten.

»Da stehen Schriftzeichen über der Schlange, aber was bedeuten sie?«, rief Joyce, die allmählich ihre kühle Beherrschtheit verlor.

»Die Zwei Horizonte!«, hauchte Legrand und sank zurück in seinen Sitz. »Diese Figur ... beide Figuren, können Sie zum Portal führen. Und von dort weiter ...«

»Weiter wohin? Was für ein Portal?«

»Ich habe es in meinen Träumen gesehen!« Legrand presste sein Gebiss wieder zurück an den Gaumen. »Die Welt der zwei Monde, ohne Himmel. Die Engel öffnen den Weg zum Grab des Ersten. Sie wachen über die Grenze zwischen Dunkelheit und Licht.«

»Beruhigen Sie sich!«, rief Larry.

Aber Legrand schien ihn nicht länger zu hören. Es war, als würde der alte Mann seine Fieberträume erneut durchleben. »Die Engel sind eine Art Schlüssel. Sie führen zur Freiheit! Ich konnte es spüren, als mich die Aura das erste Mal überwand.«

In diesem Augenblick schlug Milton an.

»Verdammt, was ist mit dem Hund los?«

Der Husky war aufgesprungen und lief wild kläffend im Raum umher.

»Larry!« Joyce packte ihn am Arm. »Riechen Sie das nicht?«

»Es riecht ... verbrannt!«

Alarmiert eilte Larry zur Zimmertür und riss sie auf. Rauch und Feuerzungen schlugen ihm entgegen.

Er wich zurück. »Der Flur steht in Flammen!«

»Lara!«, rief Legrand entsetzt.

»Mein Gott, das Mädchen ist da irgendwo!«, begriff Larry. »Wir müssen sie rausho...«

Etwas schoss durch das brennende Inferno und traf

Jean-Paul Legrand am Hals. »Bitte nicht«, stöhnte er und sackte zurück.

Joyce eilte an seine Seite. »Ein Blasrohrpfeil!« Sie musste an die Metallrohre aus den Beeten denken. »Die Tür, Larry!«

Larry Newman warf sich gegen die offen stehende Tür, die krachend ins Schloss fiel. Im nächsten Augenblick begann das trockene Holz bereits zu schwelen.

»Er ist tot«, stellte Joyce nüchtern fest. »Vermutlich Gift.«

»Die Hütte bricht zusammen!«, schrie Larry. »Wir müssen hier raus!«

Flammen brachen durch die Balken über dem Türrahmen. Der Husky rannte panisch bellend die Treppenstufen hinauf.

»Folgen Sie dem Hund! Wir müssen durch eines der Fenster im Obergeschoss!«

»Und das Mädchen?«

»Ihr Zimmer hat ein Fenster!«

»Dann raus hier!« Hustend eilte Larry nach oben.

Joyce griff nach den beiden Keramikfiguren und ließ sie ohne Rücksicht auf Beschädigungen in ihrer Tasche verschwinden.

Dann sprang die Tür auf.

Beißender Qualm flutete das Arbeitszimmer. Die Flammenzungen gierten nach Papier und Holz und verzehrten alles in Sekundenbruchteilen.

Joyce taumelte von der heißen Druckwelle getroffen zurück und stieß mit dem Rücken gegen die Wand. Dann sah sie den kleinen Schemen, der unberührt von Feuer und Rauch im Korridor stand.

»Wie heiß ist die Hölle?«, kicherte das Mädchen und richtete das Metallrohr auf sie.

5

Der Jeep rollte langsam über den holprigen Weg durch die Nacht. Steven Burns lag noch immer ausgestreckt auf der Rückbank, während die undurchdringliche Finsternis des Dschungels an ihnen vorbeiglitt. Sie waren nicht mehr weit von Calakmul entfernt.

Bakerman hatte ihn hinter dem quer stehenden Lastwagen gefunden, in einer noch warmen Blutpfütze. Aber der Fremde, der wenige Meter entfernt im Dickicht gelegen hatte, grausam verkrüppelt, leidend, sterbend, war fort gewesen. Als hätte es ihn nie gegeben.

In knappen Worten hatte Steven geschildert, was geschehen war. Dann waren sie weitergefahren.

»Der Lastwagen hatte offenbar nicht nur Ihren geheimnisvollen Maya-Freund erwischt, sondern auch einen Baum gerammt«, resümierte Bakerman mit ausdruckslosem Tonfall. »Der Wagen war nicht mehr fahrtüchtig. Außerdem habe ich Spuren eines kurzen Kampfes gefunden. Vielleicht ist der Fahrer in Panik in den Dschungel gelaufen.«

»Warum sollte er so etwas getan haben?«, fragte Steven müde, kaum fähig, seine Augen offen zu halten.

»Aus Angst«, antwortete Fuentes. »Die nächste Maya-Siedlung ist nicht weit und Selbstjustiz in Mexiko nicht unüblich. Ehe man sich's versieht, bekommt man eine Flasche über den Kopf gezogen und wird im nächsten Dorf aufgehängt, während die Bewohner applaudierend danebenstehen.«

»Wollen Sie mich auf den Arm nehmen?«

»Keineswegs.«

»Das hatte ich befürchtet«, stöhnte Steven und fasste sich an den Kopf. »Ich kann mir das nicht erklären. Früher hatte ich nie solche Anfälle. Aber in jüngster Zeit …« Er stockte. »Seit ich Sie kenne, Bakerman, haut es mich ziemlich oft um.«

»Sie schmeicheln mir«, erwiderte Bakerman trocken.

»Ich denke, das war nur ein dummer Zufall. Wir befahren die einzige Straße in dieser Gegend und sind Zeugen eines Unfalls oder Unglücks gewesen.« Yolanda Fuentes konzentrierte sich wieder auf den Weg. »Mehr nicht.«

Die Minuten verstrichen.

»Dieser Mann im Gebüsch – was genau hat er zu Ihnen gesagt?«, ergriff Bakerman als Erster wieder das Wort.

Steven schreckte aus dem Dämmerschlaf auf. »Keine Ahnung, irgendwas auf Spanisch, und mit Dialekt.« Er gähnte. »Klang nicht sehr gesund, wenn Sie mich fragen.«

Er wiederholte so gut er es vermochte die Worte des Verunstalteten, der auf gespenstische Weise vom Dschungel verschluckt worden war.

Doktor Fuentes nickte verstehend. »Jeder heute noch existierende Maya-Stamm hat seine eigene Sprache«, sagte sie. »*In wáamigo* heißt so viel wie *mein Freund*.«

»Reizend. Und das andere?«

»*Baaxkin ulech*, nicht wahr?!«

»So oder so ähnlich.«

Dass ihn der Fremde Gabriel genannt hatte, verschwieg Steven. Allein den Namen zu hören verursachte ihm einen eisigen Schmerz.

»*Baaxkin ulech* bedeutet *Wann bist du zurückgekehrt*? Man könnte fast glauben, er hätte Sie wiedererkannt, Mister Burns.«

»Nennen Sie mich Steven. Und was das Wiedererkennen betrifft«, er fasste sich an die Stirn, dorthin, wo er beim Fall mit einer Baumwurzel zusammengestoßen war, »ich habe keine Ahnung, wer der Kerl war. Aber er sah aus, als hätte man seinen Kopf durch eine Knoblauchpresse gedrückt.«

»Ruhen Sie sich aus. Wir sind bald da«, sagte Bakerman nachdenklich.

Doktor Yolanda Fuentes war blass geworden. Und schwieg.

Das Lager war eine gute Meile von der Tempelstadt entfernt aufgeschlagen worden. Einfache, funktionell ausgestattete Baracken aus Aluminiumblech sowie mehrere Dutzend Zelte formten eine künstliche Siedlung, die vor der Kulisse des Regenwaldes und seiner mächtigen Baumriesen mehr als nur vergänglich wirkte.

Vor fast jedem der vielen Zelte parkte ein Landrover. Quadratische Kisten stapelten sich zu hohen Türmen, während Moskito- und Insektennetze sich wie ein zweites Dach über den provisorischen Behausungen spannten.

Steven stieg aus dem Jeep und griff nach seiner Reisetasche. Der Wald war nun nicht mehr so dicht gewachsen. Durch das Blätterdach erblickte er in der Ferne die schwarzen Umrisse einer Pyramide, die sich weit in den Himmel erhob.

»Warten Sie den Tagesanbruch ab, Mister Burns«, rief ihm Fuentes zu. »Dann können Sie das größte bislang entdeckte Maya-Bauwerk der Welt in seiner ganzen Pracht bestaunen.«

In dem Menschen spurlos verschwinden, fügte Steven in Gedanken hinzu, sagte aber nichts.

Die Archäologin führte ihn und Bakerman durch das

Camp. Überall saßen Männer und Frauen beisammen, redeten, lachten und spielten leise Musik. Es herrschte ein Gewirr aus Sprachen und Dialekten, Spanisch, Englisch, Französisch, Deutsch. Man grüßte höflich, aber niemand schenkte ihnen groß Beachtung. Erst bei genauerem Hinsehen wurde Steven der allvorherrschenden Anspannung in den Gesichtern gewahr. Nach und nach registrierte er, wie schnell das Gelächter wieder erstarb und dass die angestimmten Lieder voller Trauer waren.

»Wie lange leben Sie schon hier?«, wandte er sich an Doktor Fuentes.

Die Mexikanerin strich sich die schwarzen Locken aus dem Gesicht. Sie wirkte erschöpft. »Ich bin seit fast drei Jahren in Calakmul. Vorher war ich mit Ausgrabungen in Tikal beschäftigt. Was die meisten anderen im Camp betrifft, so herrscht ein ständiges Kommen und Gehen. Viele Verträge gelten nur für einige Monate. Allerdings gibt es ein festes Team, sozusagen den harten Kern aus Wissenschaftlern, Archäologen wie mich, Geologen, Historikern, Sie wissen schon …« Sie warf einen flüchtigen Blick auf Bakerman, den dieser nicht zu bemerken schien. »Leute, die einfach nicht lockerlassen können«, fügte sie lakonisch hinzu.

Steven konnte die Mimik in Yolanda Fuentes' Gesicht nur schwer deuten. War es beruflicher Respekt, freundschaftliche Vertrautheit oder gar noch mehr?

»Und die Ausgrabungen an sich?«, lenkte er schnell ab, als sich die Aufmerksamkeit der Frau wieder auf ihn fokussierte.

»Calakmul wurde bereits in den 1930er Jahren entdeckt. Man begann sofort zu graben, aber aufgrund der isolierten Lage wurden die Expeditionen aus logistischen Gründen irgendwann eingestellt. Erst vierzig Jahre später nahmen Forscher die Arbeiten wieder auf und legten die alten Maya-Bauwerke frei, die sich als größer und eindrucksvoller herausstellten als alle zuvor entdeckten.« Sie blickte sich um. »Der Regenwald hatte im Laufe der Jahrhunderte Tausende von Strukturen überwuchert.«

Steven hob den Fuß und begutachtete das weiche Moos unter seinem Schuh. »Bedeutet das, wir spazieren auch hier gerade auf Ruinen herum?«

Fuentes lächelte müde. »Wie heißt es so schön: Es ist nicht die Frage, *wo* man gräbt, sondern wie *tief*.«

Nach dem Rundgang wurde Ihnen ein eigenes, kleines Zelt zugeteilt. Steven und Bakerman legten ihr Gepäck ab und besprachen mit Doktor Fuentes den Ablauf des kommenden Tages. Sie würden am nächsten Morgen den Tempel besichtigen, in der die vier Mitarbeiter verschwunden waren und wo man kurz darauf die seltsame Statue des Grauen Engels gefunden hatte.

Steven rief sich in Erinnerung, dass Yolanda Fuentes ihn in Campeche gewarnt hatte. *Genießen Sie den Frieden hier, solange er anhält, Mister Burns. Sind wir erst in Calakmul, werden Sie sich an diesen Ort zurückwünschen.*

Er wurde das Gefühl nicht los, dass die Tempelruinen noch weitere unliebsame Überraschungen bereithielten, von denen die Archäologin ihnen noch nicht berichtet hatte.

»Danke, Yolanda. Wir kommen zurecht«, sagte Bakerman und wischte sich mit einem Tuch über die feuchte Glatze.

»Na dann.« Doktor Fuentes verabschiedete sich und steuerte auf eine Gruppe von drei jungen Mexikanern etwas abseits der Zelte zu.

»Kennen Sie sich eigentlich schon lange?«

Bakerman überlegte einen Moment. »Lange ist ein relativer Begriff im Schatten jahrtausendealter Tempel, meinen Sie nicht, Steven?! Sagen wir einfach: Doktor Fuentes und ich waren gute Freunde.«

»Mal nennen Sie sie beim Vornamen, mal nicht.«

»Tue ich das?« Bakerman wirkte nachdenklich. »Wir haben uns seit Jahren nicht gesehen.«

Steven beschloss, das Thema zu wechseln. »Was, glauben Sie, wird der morgige Tag bringen?«

»Eine berechtige Frage. Die Statue zeigte das Abbild eines Grauen Engels. Lassen Sie uns hoffen, dass wir keinem leibhaftigen begegnen.«

»Sie denken an die alten Grabkammern und unterirdischen Stollen, in denen Fuentes Leute verschwunden sind?« Er blickte hinauf zu den schwarzen Schatten der Tempelpyramide, hinter der die Sterne verblassten. Exotische Vogelschreie hallten durch die Nacht.

»Wir wissen einfach noch zu wenig«, seufzte Bakerman. »Ich werde die Funkstation aufsuchen und mich mit Joyce in Verbindung setzen. Vielleicht kann uns Legrand weiterhelfen.«

»Und ich?«

»Legen Sie sich schlafen. Sie werden Ihre Kraft brauchen.« Ohne ein weiteres Wort ließ ihn Bakerman vor dem Zelt zurück.

Aber Stevens Müdigkeit war seit ihrer Ankunft in Calakmul wie verflogen. Er entschied sich, ein wenig durch das Lager zu schlendern.

Ruhe war eingekehrt, und mit ihr nahmen die Geräusche aus dem Dickicht des sie umgebenden Blätterwaldes an Intensität zu. An Orten wie diesem, dachte Steven, fühlte man wieder die Allgegenwart des Lebens, das Pulsieren der Natur, die in Metropolen wie Vancouver unter Asphalt und Verkehrslärm erstickt wurden. Ein erfüllender Frieden legte sich über seine chronische Rastlosigkeit, ließ seinen Atem gleichmäßiger werden und klärte seinen Geist. Steven sehnte sich nach dieser für ihn gänzlich unbekannten, erhabenen Leere, nach dem Vergessen aller seiner Zweifel und Sorgen.

Er hatte vor Jahren seinen kleinen Bruder verloren, er hatte seither unvorstellbare Schrecken erblickt, war in Verbindung mit Kräften und Erscheinungen getreten, die unwissende Menschen als übernatürlichen Unsinn oder schizophrene Phantasien eines Traumatisierten abtun würden.

Doch dem war nicht so. Es gab sie wahrhaftig, die fleischgewordenen Alpträume, die man sonst nur in Büchern fand. Irgendwo dort draußen.

Es waren nur noch wenige Menschen übrig, denen Steven sich anvertrauen konnte, die ihm glaubten und ihn annähernd verstanden. Bakerman, Joyce, Larry. Und selbst diese waren im Grunde noch immer Fremde für ihn. Sie alle trugen ihre eigenen Geheimnisse mit sich. Sie alle waren auf der Hut, dass jemand oder *etwas* in ihr Innerstes blicken könnte.

Steven spürte den kalten Schweiß einer Vorahnung über seinen Rücken laufen. Würde das alles je ein Ende finden?

Er rieb seine feuchten Handflächen aneinander und sah sich um. Die Fackeln waren mittlerweile heruntergebrannt, die Zelte geschlossen. Von irgendwo drang das Spiel einer Gitarre, begleitet vom Gesang einer älteren Frau.

Er folgte der Musik, fühlte sich von der melancholischen Stimme angezogen wie eine Motte vom todbringenden Leuchten einer einzelnen Kerze in der Finsternis. Vor einer halb erloschenen Feuerstelle, umgrenzt von faustgroßen Steinen, erblickte Steven die Sängerin. Die Frau hatte sich einen bunten Schal um die schmalen Schultern gehängt und die Augen geschlossen. Sie war alt, zu alt, um dem Team von Fuentes anzugehören. Steven vermutete, dass es sich womöglich um eine Köchin handelte, die für die mexikanischen Arbeiter einheimisches Essen zubereitete. Neben ihr saß der Gitarrenspieler, ein junger Mann in seinem Alter. Er trug ein helles Baumwollhemd und ein Stirnband, auf das eine rot-grüne Flagge gestickt war.

Eine Weile stand Steven fern des Lichtkreises, den die heiße Glut noch immer aussandte, und lauschte der Musik. Als das Lied endete, schlug die alte Frau die Augen auf.

»Komme her«, sagte sie in seine Richtung. Ihr Englisch war brüchig und nur schwer zu verstehen. »Setze zu uns.«

Die Wärme der noch immer leicht züngelnden Holzscheite vertrieb seine schwermütigen Gedanken.

»Du kennen Fado?«, fragte die Frau.

Er verneinte.

»Fado heißen Schicksal. Fado ist Wille Gottes, und unsere Musik. Fado spricht von *saudade*.«

»Saudade«, wiederholte Steven. »Ist das nicht portugiesisch und bedeutet so was wie Weltschmerz oder Einsamkeit?«

Der Gitarrenspieler nickte. »Es ist eine Sehnsucht, die wir heraufbeschwören.« Sein Englisch war nahezu perfekt.

»Dir gefallen Lied?«

»Ja, sehr«, antwortete er ehrlich. »Würden Sie noch eines singen?«

»Aber vorher du trinken Tee mit uns.« Die Frau reichte ihm eine Tontasse, auf der zwei lachende Skelette eingebrannt waren. Die Knochenfiguren trugen weite Sombreros und tanzten eng miteinander.

Er schmunzelte. »Vielen Dank.«

Von der Feuerstelle nahm die Frau eine Kanne mit heißem Wasser und füllte die Tasse damit auf. Ein aromatischer Geruch stieg auf.

Steven nahm einen Schluck. Der würzige Geschmack brannte in seinem Rachen. »Sehr gut«, log er stirnrunzelnd und trank erneut.

Der Gitarrenspieler reichte ihm die Hand. »Ich heiße Jesus. Jesus Marquez.«

»Steven Burns.«

»Dann werden wir jetzt für Sie spielen, Steven.«

Der Portugiese begann vor seinen Augen leicht zu verschwimmen. Ein leichtes Schwindelgefühl machte sich breit. »Starker Tee«, murmelte er.

»Ja ja, das ist er«, sagte die alte Frau und stellte die Kanne zurück. Dann begann sie eine leise Melodie zu summen und wiegte ihren Oberkörper langsam im Takt.

»Glauben Sie an Zauberei, Steven?«, fragte Jesus und schlug die ersten Saiten der Gitarre an.

»Wenn Sie wüssten ...«

Er stellte den Tee auf die Erde. Die Melodie der Alten und das hypnotische Saitenspiel begannen einen unwiderstehlichen Sog auszuüben. Die rotgoldene Glut vor seinen Füßen formte sich zu winzigen Schloten, aus denen ein fernes Flügelrauschen drang, wie das von riesenhaften Vögeln, die die Welt lange vergessen hatte.

»Mexiko ist ein sehr widersprüchliches Land«, sprach Jesus Marquez und setzte sein Spiel fort, unberührt von Stevens immer weiter entrückendem Blick. »Dank der Spanier voller katholischer Überzeugungen und dennoch beherrscht vom Aberglauben und den wundersamen Riten der Maya und ihrer Nachfahren.« Er lachte leise. »Und wo ist der Unterschied zwischen Katholizismus und Zauberei? Nur eine Frage des Glaubens, oder?!«

Die Worte drangen nur noch undeutlich zu ihm durch. Das Schwindelgefühl übermannte ihn, zugleich verspürte er eine seltsame Erhabenheit seinen Geist durchfluten, eine Vollkommenheit, die er nie für möglich gehalten hatte.

Das Summen der Frau formte sich zu einem ergreifenden Gesang von Trauer und dem Vergehen aller lebenden Dinge.

Sie sang auf Portugiesisch, dennoch erhoben sich vor Stevens innerem Auge Farben, Formen und Landschaften. Er glaubte, den Schmerz zu verstehen, das Lied in seinen Adern fließen zu spüren, und schloss die Augen. Eine Woge aus heißem Dunst fegte über das Lager hinweg, riss Zelte und Fahrzeuge wie Herbstlaub hinfort und seine Seele mit sich.

Er schwebte.

Er schwebte in der absoluten Leere.

Er schwebte in der absoluten Leere ohne einen Horizont, ohne eine Sonne, einen Himmel, eine Erde.

Aber er war nicht allein.

Da drangen Stimmen durch das Nichts.

Sie wollten zurück. Und sie brauchten jemanden, der ihnen den Weg bereitete.

Jemanden, der die Dunkelheit zu formen wusste, auf dass das Licht für immer erlosch.

Die Stimmen wurden lauter. Fordernder.

Die Zeit war endlich gekommen.

Sie riefen nach ihm. Sie litten. Sie wollten erlöst werden. Jetzt.

Er schwebte, ohne einen Körper zu besitzen.

Seine Sinne waren allgegenwärtig, überall und nirgendwo. Er schmeckte das warme Blut der Geopferten, roch die Furcht in den ruhelosen Gebeinen tief in der warmen Erde, lauschte dem Wehklagen der ewig Gequälten, fühlte die sengende Hitze uferloser Kerker, und er sah, was niemand außer ihm imstande war zu sehen: das nahende Ende.

Sie kamen näher. Sie hatten ihn gefunden.

Sie hatten erkannt, dass er bereit war, seine Aufgabe zu erfüllen. Er war ihre Schöpfung, er war ihr Werkzeug, ihr Heilsbringer.

Die unmenschlichen Laute gewannen an Substanz, wurden zu greifbaren Körpern, die sich um ihn schlossen, ihn erdrückten, ihn in sich aufnahmen und verzehrten.

Die Leere wurde gefüllt mit fahlem Staub und totem Fleisch.

Sie gierten nach der Essenz des Lebens.

Im letzten Moment schrie er seinen lautlosen Schmerz in die Unendlichkeit hinaus.

Wo war er?

Wer war er?

Was war er?

Sie würden ihn überall finden.

Wozu noch kämpfen?

Gabriel!

Als Steven erwachte, lag er zusammengesunken mit dem Kopf auf der warmen Erde. Ein Kribbeln an seiner Ohrmuschel ließ ihn aufschrecken. Mit der flachen Hand verscheuchte er die Spinne, die fluchtartig in die Dunkelheit davonhuschte.

Er war allein.

Für ein paar Minuten verharrte Steven Burns schweigend vor der erkaltenden Glut. Dann richtete er sich auf und wankte, noch immer leicht benommen, zurück zum Zelt.

Bakerman wartete bereits vor dem Eingang. »Wo haben Sie gesteckt?«

Steven hustete. Der eigentümliche Geschmack des Tees drang zurück in seine trockene Mundhöhle. »Glauben Sie an Zauberei?«

Bakerman machte nicht den Eindruck, als wäre er von Stevens rhetorischer Frage besonders angetan.

»Sie wissen schon: was man so auf Märkten anbietet. Magische Wachskerzen, mysteriöses Zauberpulver ...« Steven räusperte sich, dann musste er grinsen. »Da war was in meinem Tee.«

»Ach?« Bakerman blickte angespannt über seine Schulter.

Das Lager war in einen tiefen Schlaf gesunken. Nur zwei Bewaffnete patrouillierten etwa dreißig Meter entfernt zwischen den Zelten. Sie hatten Betäubungsgewehre im Arm, falls sich Wildschweine oder Jaguare zu nah an die Siedlung wagen würden.

»Dies ist kein Ferienausflug. Wir befinden uns im Herzen des untergegangenen Maya-Reiches, einer noch immer weitgehend unerforschten, aber einst gewaltigen Zivilisation. Achten Sie darauf, mit wem Sie sprechen und über was. Die Menschen hier fühlen die Energien und Kräfte, die solche Orte durchströmen.«

Steven stützte sich an Bakermans Arm ab. »Sind Sie jetzt zu den Esoterikern übergelaufen?«

»Ich respektiere nur andere Überzeugungen«, erwiderte Bakerman, zunehmend verärgert. »Und das sollten Sie ebenfalls. In Mexiko ist der Glaube an eine Verbindung zu den Geistern der Verstorbenen sehr lebendig. Und das nicht ohne Grund. Passen Sie also das nächste Mal besser auf, was man Ihnen einschenkt.«

»Sie haben ja keine Ahnung. Vergessen Sie's einfach, okay?!«, stieß Steven gepresst hervor, während seine Umnebelung einer starken Übelkeit wich. »Und? Haben Sie Joyce erreicht?«

Bakerman verfolgte aufmerksam, wie die zwei Wachen sich in der Ferne unverständlich miteinander unterhielten. Er griff Steven am Arm und führte ihn ins Innere des Zeltes.

»Leider nein. Wie ich eben erfahren musste, gibt es ein Problem mit unserer Kommunikationstechnik.«

»Was denn für ein Problem?«

»Nichts funktioniert mehr. Kein Funk, kein Telefon.«

»Und das bedeutet?«

»Wir sind von der Außenwelt abgeschnitten.«

»Und seit wann genau?«, fragte Steven irritiert.

»Seit dem Moment unserer Ankunft«, sagte Bakerman und löste den Knoten seiner Krawatte.

6

Instinktiv hatte Joyce Kramer das Periodensystem von der Wand gerissen und hielt es wie einen Schild vor den Kopf. Sie fühlte die Vibration, als sich der Blasrohrpfeil in die dünne Spanplatte bohrte.

»Joyce!«, hörte sie Larry von oberhalb der Wendeltreppe rufen. »Beeilen Sie sich!«

Das panische Hundegebell des Huskys unterstrich Larry Newmans drängenden Tonfall. Flammenzungen leckten über die Wände und ließen Bücher, Bilder und Aufzeichnungen in glühender Asche vergehen. Der Rauch raubte ihr dem Atem. Hustend und würgend stolperte Joyce zur Treppe.

Irgendwo im brennenden Arbeitszimmer, zwischen Mobiliar und den Labor-Apparaturen Legrands, bewegte sich ein kindlicher Schatten, begleitet von einem sanften Kichern.

»Lauf nicht weg. Bleib bei mir!«

Auf der dritten Stufe verlor Joyce das Gleichgewicht und stieß sich das Knie. Fluchend zog sie sich am Geländer wieder auf die Beine.

»Ich sehe dich«, glaubte sie eine sanfte Stimme hinter sich zu vernehmen.

Joyce schleuderte die Holztafel davon und rettete sich mit drei mächtigen Sätzen ins obere Stockwerk.

Auch hier erstickte der Qualm alles. Die Hitze wurde unerträglich. Undeutlich erkannte Joyce, dass die gesamte Etage ein einziges großes Zimmer war. In der hinteren Ecke stand ein Bett, daneben ein meterhohes Modell des Sonnensystems.

»Larry?«, keuchte sie. Ihre Lungen füllten sich mit Ruß und Schmerzen.

Eine Scheibe klirrte. »Hier! Am Fenster!«

Joyce sah ihren Begleiter, der soeben die verriegelten Fensterläden aufgebrochen hatte. Larry griff nach dem Hund und warf ihn ohne Zögern durch das geöffnete Fenster nach draußen. Das Gebell verwandelte sich in gepeinigtes Winseln.

»Wir müssen springen!«

»Sie zuerst!«, rief sie ihm zu.

Larry kletterte auf den Sims und ließ sich mit den Füßen voran hinab. Für einen Moment waren nur noch seine Hände zu sehen, wie sie sich an die Fensterbank klammerten, dann ließ er ab und war verschwunden.

Joyce warf einen letzten Blick zur Treppe, die bereits in Flammen stand. *Da unten konnte niemand mehr am Leben sein*. Das Kichern war verstummt. Hatte Larry es nicht auch gehört?

Als sie sich abwandte, brachen die Holzdielen unter ihren Füßen weg. Ihr rechtes Bein sackte einen halben Meter in die Tiefe, bevor sich die Splitter des Brettes in ihr Fleisch bohrten. Joyce kreischte vor Schmerz auf, doch der Qualm raubte ihr den Atem, und der Schrei wurde von einem Hustenanfall erstickt.

Schon breitete sich das Feuer über den Boden aus, setzte das Bettgestell in Brand und fraß sich durch das Planetenmodell. Die unnatürliche Geschwindigkeit, mit der Legrands Hütte dem Flammentod anheimfiel, erfüllte Joyce mit ungläubigem Entsetzen.

Gegen den Schmerz ankämpfend, zog sie sich aus dem Loch in den Dielen und taumelte in Richtung der Fensterbank.

»Was zum …?« Joyce hielt inne.

Erst jetzt sprangen ihr die Schriftzeichen ins Auge. Der gesamte Raum war über und über mit fremden Symbolen versehen. Jeder noch so kleine Zwischenraum in den Holzbalken zeigte eingeschnitzte oder mit dunkler Farbe aufgetragene Zeichen und Buchstaben.

Ob Legrand seine wirren Phantasien hier verewigt hatte? Die Visionen seiner Träume, die begannen, nachdem er vor fast einem Jahr die Statue des Grauen Engels zum ersten Mal berührt hatte?

»Joyce!« Larry stand unten auf dem Rasen und ruderte mit den Armen. Sein geschwärztes Gesicht war vom Flackern der Feuersbrunst umspielt.

Aber Joyce Kramer reagierte nicht.

Wie gebannt waren ihre Augen den Symbolen auf den Wänden gefolgt, und nun starrte sie auf eine weiße Kreidezeichnung auf dem Boden. Larry hatte einen Beistelltisch beiseite räumen müssen, um ans Fenster zu gelangen. Offenbar war ihm das Bild zu seinen Füßen entgangen.

Es handelte sich um einen zehnzackigen Stern, um zwei ineinander verschlungene Pentagramme, in deren Mitte ein menschliches Gesicht abgebildet war.

Joyce Kramer erkannte den Mann auf der Stelle.

»Aber ... wie ist das möglich?«, stammelte sie fassungslos.

Weitere Dielen brachen um sie herum in die Tiefe.

Joyce blickte auf. Etwas kam die Treppe hoch. Sie konnte es nicht sehen, aber spüren ...

»Springen sie endlich!«, schrie Larry Newman erneut.

Und Joyce sprang.

Jean-Paul Legrands Heim brannte wie ein Leuchtfeuer am Ufer des ansonsten so friedvollen Lake Ontario. Die Nacht war erhellt vom heißen Schein der Flammen, die den Leichnam des ermordeten Historikers ebenso mit sich nahmen wie seine geheimen Notizen und Forschungsergebnisse.

»Was ist mit dem Mädchen?«, fragte Larry betroffen.

Sie standen am Wasser, hatten sich Hände und Gesichter gewaschen und die Brandblasen mit nassen Umschlägen gekühlt.

Joyce konnte kaum einen klaren Gedanken fassen. Erst Legrands kryptische Andeutungen über Blutrituale und das Verschwinden der Maya vor über eintausend Jahren, dann seine Warnung, dass Bakerman in Gefahr sei, und seine Ermordung.

Und schließlich der Anblick der Kreidezeichnung.

Sie hatte die Pentagramme zu ihren Füßen nur ein paar Sekunden lang gesehen, aber für Joyce bestand kein Zweifel an der Identität des dort Abgebildeten. Eines Mannes, dem Legrand ihres Wissens nach noch nie zuvor begegnet war. Aber Stevens Gesicht war unverwechselbar gewesen.

Was hatte das zu bedeuten? Was verband Steven Burns mit Jean-Paul Legrands Visionen?

Joyce versuchte sich auf die Fakten zu konzentrieren. Ein Pentagramm war ein fünfeckiger Stern, der normalerweise auf zwei Spitzen ruhte. Im Volksglauben des Mittelalters galt das Zeichen als magisch und diente der Abwehr gegen Dämonen. Ein gezeichnetes Pentagramm hinderte angeblich böse Geister daran, Türschwellen und unsichtbare Grenzen zu überwinden. Die katholische Kirche benutzte es vielfältig, unter anderem, um die fünf Wunden Jesu Christi darzustellen. Aber Legrand hatte auf Joyce nicht sehr religiös gewirkt. Der Mann hatte eine ganz eigene Sicht auf die Welt gehabt.

Ein weiteres Fünfeck war der Drudenfuß, ein umgekehrtes Pentagramm, vergleichbar mit dem umgekehrten Kreuz aus der christlichen Mythologie. Der Name Drudenfuß leitete sich von dem Glauben ab, dass sogenannte Druden, nächtlich aktive Dämonen, einen entsprechenden Fußabdruck hinterließen.

Doch die zwei ineinander verschlungenen Pentagramme im Schlafzimmer Jean-Paul Legrands waren von perfekter Symmetrie gewesen. Es gab kein Oben oder Unten.

Allmählich begann Joyce zu verstehen.

Wenn nicht die Ausrichtung der Pentagramme eine Rolle spielte, dann womöglich die Anzahl der Zacken. Zweimal fünf: ein zehnzackiger Stern.

Ein kalter Schauer lief ihr über den Rücken. Die Zehn galt als das Symbol der Vollendung und der Vollkommenheit, und da war noch etwas ...

Sie erinnerte sich an den Wortlaut einer mysteriösen Prophezeiung, die wiederkehrend sämtliche Unternehmungen Bakermans und seines Teams wie ein verhängnisvoller Fluch überschattete:

Zehn fahle Orte, die dem Bösen anheimfallen werden.

In den verschütteten Stollen eines Bergwerkes, auf einer in den Fels gehauenen Weltkarte tief unter der Erde, hatten Bakerman und Joyce vor langer Zeit Hinweise auf die fahlen Orte gefunden. Sie lagen über alle Kontinente verstreut. Einer von ihnen war Vancouver.

Was sie genau ausmachte, war noch immer unklar, aber die zehn fahlen Orte schienen so etwas wie Zentren fremdartiger Energien zu sein. Moderne Technik wurde dort gestört oder verändert, Kompassnadeln spielten verrückt, unterirdische Gänge und Katakomben erstreckten sich in unerforschte Abgründe. Und die Grenze zwischen Lebenden und Toten verlor an Bedeutung.

An jenen verborgenen Plätzen fanden schreckliche Kreaturen und geisterhafte Erscheinungen ihren Zugang zum Diesseits.

Zehn ...

Zehn fahle Orte, die dem Bösen anheimfallen werden, so wurde es vorausgesagt. Heimstätten einer dunklen Macht, deren Einfluss immer mehr zunahm und deren schrecklichste Diener die Grauen Engel waren.

Ein zehnzackiger Stern und in seiner Mitte: Steven Burns. Woher kannte Legrand sein Gesicht? Was für Träume hatte ihm die unheimliche Maya-Figur des Grauen Engels gesandt?

»Joyce?«

Erst jetzt fühlte sie eine Hand auf ihrer Schulter.

»Alles okay mit Ihnen?«

»Danke, ja. Es geht mir gut.«

Larry Newman wirkte nicht sehr überzeugt.

Etwas entfernt brach der Dachstuhl mit lautem Getöse in sich zusammen. Funken sprühten hoch in die Nacht, eine weitere Hitzewelle brandete über das kurz geschnittene Gras hinweg.

»Was ist mit dem Mädchen?«, fragte Larry nochmals. »Meinen Sie, die Kleine konnte rechtzeitig das Haus verlassen?«

Lara ... Joyce zögerte mit ihrer Antwort. Hatte sie im Chaos aus Rauch und Feuer wirklich das Kind gesehen? Hatte tatsächlich das zierliche Mädchen mit den grauen Haaren ihren Ziehvater mit einem giftigen Pfeil getötet? Aber aus welchem Grund? Und warum ausgerechnet jetzt?

»Ich fürchte, sie ist tot«, sagte Joyce ohne erkennbare Gefühlsregung. »Ansonsten müsste sie ja irgendwo hier draußen sein, oder?«

Von der Kälte in ihrer Stimme mehr als verwirrt, schaute sich Larry Newman niedergeschlagen um. »Wie konnte das alles nur geschehen? Der plötzliche Brand! Und Legrand!«

»Der Mann war in höchstem Maße paranoid«, murmelte Joyce, noch immer ihren Gedanken nachhängend. »Er hatte Angst im Museum. Er hatte Angst in seinen eigenen vier Wänden. Denken Sie nur an die schweren Schlösser vor den Fenstern.«

»Offenbar hatte er zu Recht Angst«, sagte Larry und atmete tief aus. »Was unternehmen wir jetzt?«

»Legrand hat von einem Portal gesprochen, kurz bevor er starb.«

»Sie meinen diesen Schlangenkopf, den er auf Papier gemalt hatte?«

»Was immer Jean-Paul Legrand in seinen Träumen gesehen hat, er kannte die Zwei Horizonte, er kannte die Grauen Engel, und er hat die Maya-Figuren als Schlüssel zu einem Portal bezeichnet. Wir sollten mit ... Moment, warten Sie kurz.« Joyce griff nach ihrem Mobiltelefon und wählte Bakermans Nummer. »Nichts. Kein Empfang.«

Larry sah auf seine Uhr. »Sie müssten schon lange in Mexiko sein. Vermutlich sind sie gerade auf dem Weg nach Calakmul, irgendwo im Dschungel.«

»Bakerman wollte sich melden, sobald sie die Maya-Ruinen erreicht haben. Ich schlage vor, wir verlieren keine Zeit.«

»Wir fliegen hinterher?«

»Genau. Wenn Legrand kein verrückter Spinner war, dann könnten sich die beiden Statuen als überlebenswichtig herausstellen. Außerdem interessiert mich, was Miguel zu sagen hat.«

»Wer?«

»Miguel, der Mann aus Chicanná. Von ihm hatte Legrand seine Figur des Grauen Engels.«

»Ich rufe uns ein Taxi«, sagte Larry und wählte die Nummer.

Joyce wandte sich um.

Keine acht Schritte entfernt stand der Schlittenhund. Das Tier hielt eine angespannte Haltung und die Ohren gespitzt. Die Schnauze zuckte unruhig, so als habe der Hund eine Witterung aufgenommen.

Sie versuchte zu erkennen, was Miltons Aufmerksamkeit geweckt hatte, aber die Nacht fern des brennenden Hauses war schwarz und totenstill.

7

Die Sonne drang in glitzernden Bahnen durch die frühmorgendlichen Nebelbänke. Die meisten der freigelegten Ruinen waren gänzlich in den dichten Schleiern versunken, nur ab und an ragten vereinzelt helle Kalksteinmauern hervor.

Bakerman blickte sich ein weiteres Mal um.

Hinter ihm erwachte das Camp allmählich zum Leben. Geschirrklappern und Stimmen hallten gedämpft durch den Nebel, dennoch war er sich sicher, dass ihm niemand gefolgt war.

Als er seinen Fuß auf die erste Stufe der Außentreppe setzte, erfüllte ein lang begrabener Pioniergeist sein Herz. Er dachte an die Zeit zurück, als er in den Hörsälen der Universität in Edinburgh sein Studium der Archäologie und alter Sprachen absolviert hatte. Mit jedem weiteren Schritt, den er die große Pyramide emporstieg, gewannen die Erinnerungen an Substanz. Die Gedanken fühlten sich seltsam an, so als gehörten sie einem Fremden. Als würde er nicht über sein eigenes Leben reflektieren, sondern Erfahrungen und verschüttete Gefühle aus der Biographie eines Verstorbenen zurück ans Tageslicht befördern. Calakmul übte auf ihn einen Zauber aus, der mit rationalen Erklärungen nicht zu ergründen war.

Bakerman seufzte und machte sich weiter an den Aufstieg.

Zeit war für ihn nicht länger eine Geißel, die seinen

Körper dem Tode näher brachte. Zeit war für ihn eine kalkulierbare Größe, die Veränderungen seiner Umwelt definierte, aber nicht sein eigenes Dasein. Die Menschheit glaubte an einen kommenden Triumph über das Altern, hoffte auf ein Ende des Verfalls ihrer Zellen und DNA-Stränge. Mithilfe der Gentechnik oder intensiver Stammzellforschung werde der Alterungsprozess des Menschen aufzuhalten sein, so wurde Jahr für Jahr in den wissenschaftlichen Journalen verkündet. Forschern war es angeblich bereits gelungen, die Lebenserwartung von Würmern und Fliegen zu verdoppeln.

Wie wenig ahnten diese Wissenschaftler von den rätselhaften Kräften, die in seinen Adern flossen. Es war ein Geheimnis, das er sorgsam zu bewahren hatte. Er hatte nur wenige ins Vertrauen gezogen. Oder ziehen müssen.

Bakerman war vierundfünfzig Jahre alt gewesen, als er 1936 in der Libyschen Wüste mit Ila al Khalf, dem Elixier der Rückkehr, in Berührung gekommen war. Es war für ihn zum Segen, zum Fluch, zum Schicksal geworden. Es hatte alles verändert, nur nicht seinen Körper. Noch heute besaß er das Aussehen und die Physis eines Mannes in den Mittfünfzigern.

Doch Bakerman hatte im Laufe der Jahre erkannt, dass Opfer zu bringen waren. Er hatte Freunde auf dem Altersbett sterben sehen, er hatte Identitäten gewechselt und gelernt, seinen treuesten Begleiter zu akzeptieren: die Lüge.

Die Dankbarkeit, am Leben zu sein, war schon bald der Verzweiflung gewichen, doch aus der Verzweiflung erwuchs schließlich die Bestimmung!

Fortan hatte er seine Existenz einer einzigen Aufgabe gewidmet: den Mächten der aufziehenden Dunkelheit zu trotzen und sich selbst durch diese Zielstrebigkeit zu schützen. Die Probleme des Menschseins – Hoffnungen, Träume, Ängste, Begierden – waren in ihm zwar nicht vollends erloschen, aber ihre Priorität schwand mit jedem neuen Winter, der an ihm vorüberzog.

Bakerman verharrte für einige Momente und ließ seinen Blick über das weiße Nebelmeer gleiten, das unter ihm zurückgeblieben war.

Aus der Ferne drang das Kreischen von Brüllaffen zu ihm durch. Es hätte ihn kaum verwundert, wenn ein Jaguar oder ein Ozelot über die Steinstufen hinweg seiner Fährte gefolgt wäre und sich nun vor ihm aus dem feuchten Dunst des Morgens schälen würde.

Doch nichts bewegte sich.

Nur die Mauerreste der kleineren Gemäuer schimmerten regungslos im silbrig-feuchten Zwielicht.

Typisch für die Maya-Architektur war das völlige Fehlen von Bögen und größeren Gewölben. Die Baukunst der Maya war von horizontalen, vertikalen und gewinkelten Linien geprägt, die Innenräume der Gebäude eher klein und zumeist fensterlos. Licht drang lediglich durch die Türöffnungen. Alles war auf die Außenwirkung konzipiert. Das Leben spielte im Freien.

Umso erstaunlicher erschien ihm der unvorstellbare Aufwand, mit dem die gigantischen Pyramiden errichtet worden waren. Ebenso wie andere indianische Völker Amerikas hatten den Maya keine Lasttiere zur Verfügung gestanden, und das Rad als mechanisches Hilfsmittel war nicht genutzt worden. Die gewaltigen Mengen Baumaterial waren ausschließlich durch Menschenhände bewegt worden.

Bakerman wusste, dass in der seit vielen Jahrhunderten verlassenen Maya-Metropole nur die wenigsten Gebäude überdauert hatten. Diese imposanten Überbleibsel jedoch – Tempel, Paläste, Ritualplätze, allesamt aus Stein – waren außerordentlich gut erhalten geblieben. Bauwerke aus Holz oder Lehm verwittern in Mittelamerika sehr schnell, und so gab es hier außer den typisch ovalen Fundamentspuren keine Überreste der einstigen Wohngebäude mehr, in denen das gewöhnliche Volk gelebt hatte.

Er hatte das Ende der Treppe fast erreicht. Ein mit Ornamenten verziertes Dachgesims krönte die Spitze der Pyramide wie eine majestätische Grabplatte.

Der wolkenlose Himmel war eisblau und die Luft aufgrund der frühen Tageszeit noch angenehm kühl. Das Blätterdach des Regenwaldes breitete sich wie ein endloses, smaragdgrünes Tuch in alle Richtungen aus.

»Diese Pyramide wurde mehrfach überbaut«, hörte er eine vertraute Stimme hinter sich. »Die ersten Arbeiten datieren auf die späte Frühklassik, so um das Jahr 2000 vor Christus.«

»Yolanda«, begrüßte er die Frau.

Sie lächelte. »Ich wusste, dass ich dich hier finden würde.«

Bakerman schwieg. Sie hatten seit neunzehn Jahren keinen Kontakt mehr gehabt. Kein Besuch, kein Brief, nicht einmal ein Anruf.

Es war wichtig gewesen. Um sie zu schützen. Er hatte zu viele Feinde.

Sie musterte ihn aufmerksam. »Gefällt dir Calakmul?«

»Dieser Ort steht für alles, was mich zur Archäologie getrieben hat«, sinnierte er ohne große Gefühlsregung. »Ich habe mir auf dem Weg vom Camp die Stelen angeschaut, auf deren Reliefs die Geschichte der Maya festgehalten ist. Und doch, so viel liegt noch im Verborgenen. Jede Antwort birgt eine neue Frage.«

»Das macht den Job so reizvoll.«

Yolanda Fuentes ließ sich auf einem steinernen Vorsprung nieder und starrte in die Ferne. »Ich komme jeden Morgen hierher, seit fast genau drei Jahren. Und jedes Mal stolpere ich über den Rest einer Mauer, über eine Einkerbung im Stein, über irgendein merkwürdiges Detail, das ich vorher trotz aller Untersuchungen übersehen hatte. Es ist, als würde Calakmul mit jedem neuen Tag ein weiteres Geheimnis erschaffen.«

»Vielleicht solltest du in Erwägung ziehen, deine Arbeit woanders fortzusetzen«, sagte Bakerman. »Die Figur, die du mir geschickt hast, ist kein gutes Omen.«

»Keine Chance.«

»Ich würde dich nicht darum bitten, wenn ...«

»Nein.« Die Mexikanerin sprach ruhig, aber bestimmt. »Du hast mir damals erklärt, warum wir nicht wie andere sein dürfen. Du hast mich überzeugt, dass wir keinen Kontakt haben können. Du hast mir klargemacht, dass ich mein eigenes Leben zu führen habe, unabhängig von deinem. Unabhängig von unseren Gefühlen füreinander ... Und genau das tue ich jetzt! Ich entscheide über mein Leben. Und momentan bedeutet das nur eines: Calakmul.«

Bakerman wollte zu einer Erwiderung ansetzen, dann besann er sich und lächelte. »Du hast recht.«

»Natürlich habe ich recht«, grinste Yolanda Fuentes. »Wäre ich sonst deine Tochter?!«

Der Tod eines geliebten Menschen hinterließ bei den Hinterbliebenen eine tiefe Lücke, die sich niemals mehr ganz schließen würde. Da gab es Dinge, die man noch gemeinsam hatte unternehmen wollen. Gespräche, die niemals mehr stattfinden würden. Oder winzige, alltägliche Banalitäten, eine Melodie oder ein Lachen, das nicht mehr erklang.

Yolanda Fuentes hatte die Frau, die ihr das Leben geschenkt hatte, niemals kennengelernt. Ein Foto war alles, was ihr geblieben war. Olivia Maria Fuentes war bei der Geburt gestorben.

Notgedrungen hatte Yolanda den Tod ihrer Mutter in eine spirituelle Erfahrung verwandelt. Noch heute glaubte sie fest daran, dass ihre Mutter in ihr weiterlebte. Dass ihrer eigenen Seele nicht nur eine Stimme innewohnte, sondern zwei.

In ihrem letzten Gespräch vor langer Zeit hatte sie es ihrem Vater zu erklären versucht. Die Befürchtung, er könne sie auslachen oder missverstehen, hatte sich schnell zerstreut.

»Für jede Form der Existenz gibt es ein Gegenstück«, hatte er zum Abschied gesagt. »Protonen und Elektronen. Licht und Dunkelheit. Geborenwerden und Sterben.«

Yolanda hatte versucht, zu verstehen.

»Wenn es ein Bewusstsein im Zustand des Lebens gibt, warum dann nicht auch ein Bewusstsein, eine Existenz im Zustand des Todes?«

»Du meinst, meine Mutter lebt noch, obwohl sie gestorben ist?«

»Nichts ist unmöglich ...«

Neunzehn Jahre später saßen sie wiedervereint auf dem Gipfel des großen Tempels in Calakmul, in der Abgeschiedenheit des mexikanischen Urwalds.

Yolanda Fuentes fragte sich, ob ihr Vater immer noch derselben Ansicht war, und betrachtete ihn aus den Augenwinkeln. *Nichts ist unmöglich.*

Sie kannte ihn nicht wirklich. Sie wusste nicht, was ihn bewegte oder was er von ihr hielt. Aber sie spürte eine seltsame Nähe. Eine Ähnlichkeit, die sie verband.

Ihn nach all der Zeit wiederzusehen, äußerlich unverändert, war für sie Bestätigung und Schock zugleich. Er hatte ihr damals erklärt, was ihm widerfahren war und weshalb er sich nicht wie andere Väter um sie kümmern konnte. Er hatte ihr eine Erziehung in Sicherheit zuteil werden lassen und über ein auf ihren Namen festgeschriebenes Konto alle Ausbildungen finanziert.

Als sie die Nachricht mitsamt der mysteriösen, geflügelten Figur an ihn geschickt hatte, hatte sie gewusst, dass er sich melden würde. Sie hatte gespürt, dass ihr Fund für ihn wichtig sein könnte. Erst spät in der Nacht, bei einer Flasche Rotwein unter weitem Sternenhimmel, war ihr klargeworden, warum.

Es waren die Zeichnungen gewesen. Seine eigenen von Hand verfassten Zeichnungen, die der Kreatur auf der Maya-Statue zum Verwechseln ähnlich gewesen waren. Irgendwo in ihrem Unterbewusstsein hatte sie diese Bilder gespeichert, die sie einst als Kind im Haus ihres Vaters gesehen hatte.

Nun war er hier. Auf der Jagd. Seiner Bestimmung folgend. Und doch als Vater nicht mehr als ein Schatten und weitaus weniger, als ihr von ihrer Mutter geblieben war.

»Wir sollten aufbrechen«, sagte Bakerman nach einer Weile, und sie machten sich an den Abstieg.

Die Luft wurde zunehmend schwüler. Erste Schweißperlen glitzerten auf seiner Stirn.

»Es ist seltsam, dich so distanziert und doch wie einen alten Freund zu behandeln«, sagte Yolanda. »Vor meinen eigenen Leuten ebenso wie vor diesem Steven.«

Er sah sie ausdruckslos an. »Es muss sein.«

Steven legte die Rasierklinge beiseite und benetzte seine Wangen mit kaltem Wasser, als er Bakerman an der Seite von Yolanda Fuentes aus dem Wald treten sah.

Gemeinsam nahmen sie ein kurzes Frühstück zu sich, dann breitete Doktor Fuentes eine Skizze vor ihnen aus. Es war die Grundrisszeichnung eines kleinen Gebäudes.

»Was Sie hier vor sich sehen, ist eine Sternwarte«, begann sie. »Wie bekannt ist, waren die Maya herausragende Astronomen. Ihre Berechnungen von

Planetenumlaufbahnen und die Präzision der daraus resultierenden Kalender stehen den unseren in nichts nach. In den Sternen erkannten sie ihre Götter, gute wie böse. Um die erhoffte oder befürchtete Wiederkehr dieser Gottheiten vorauszusehen, wurden Sternwarten errichtet.« Sie hustete leicht, drehte sich zur Seite und spuckte ins feuchte Gras. »Meine Leute sind in dieser neu entdeckten Kammer hier an der Ostseite verschwunden.«

Steven fuhr mit dem Finger über das entrollte Papier. »Wohin verschwunden? Es gehen keine Türen oder Gänge ab. Und niemand verschwindet einfach so. Ich meine ...« Er musste an seinen Bruder Daniel denken. »Äh ...«

»Unter der Kammer befindet sich ein Hohlraum. Wir haben ihn erst vorgestern entdeckt.«

»Und die Männer sind in diesem Hohlraum verschwunden?«, hakte Bakerman nach.

»Ich wüsste keine andere Erklärung. Sie haben das Gebäude betreten, sind aber nicht mehr herausgekommen.«

»Wollen Sie damit sagen, dass nicht mal jemand nachgeschaut hat?« Steven konnte nicht glauben, was er da hörte. »Vier Menschen kämpfen da vermutlich um ihr Überleben, halb tot vor Hunger und Durst, sofern sie überhaupt noch atmen. Und Sie haben nicht einmal jemanden hinterher geschickt?!«

»Steven!«

»Nein, schon gut«, sagte Fuentes, wobei sie nochmals von einem leichten Hustenanfall geschüttelt wurde. »Ich kann das erklären. Einen Augenblick ...«

Sie holte eine Tablettendose aus der Hosentasche, entnahm ihr zwei weiße Pillen und spülte diese mit einem Schluck Wasser hinunter.

»Drei der Männer haben die Sternwarte betreten und

sind nicht zurückgekehrt. Der vierte …« Sie schluckte. »Francis Dashell, mein persönlicher Assistent, hat sich durch das Loch abgeseilt, kurz nachdem wir es entdeckt hatten, um nach den Vermissten zu suchen.«

Steven sah Bakerman fragend an, aber die Reaktion des Schotten war eindeutig. Auch er hatte bisher nichts von diesen Einzelheiten gewusst.

»In der Tiefe ist Francis mit etwas zusammengestoßen, das Licht seiner Helmlampe fiel aus, das Seil zuckte einige Male, dann nichts mehr. Wir haben seinen Namen gerufen, wir haben das Seil wieder hochgezogen, aber Francis war fort.« Yolanda Fuentes schaute Steven Burns fest in die Augen. »Darauf ließ auch ich mich hinunter in die Tiefe, bewaffnet. Aber keine Spur von Francis oder den anderen. Stattdessen habe ich am Boden der Höhle die seltsame Maya-Figur gefunden.«

»Den Grauen Engel«, flüsterte Steven.

Bakerman wurde nachdenklich. »Klingt fast so, als hätte jemand damit eine Botschaft an die Oberfläche schicken wollen.«

»Was für eine Botschaft?«

»Vielleicht eine Warnung oder ein Signal.«

Stevens Verwirrung war perfekt. »Das würde doch voraussetzen, dass jemand aus dem Camp ein solches Signal deuten kann oder sogar darauf gewartet hat.«

»Warum sonst sollte man die Männer entführen und gleichzeitig die Statue zurücklassen? Ich bin der festen Überzeugung, dass der Graue Engel ein Zeichen war.« Bakerman wandte sich an Fuentes. »Wer hat die Figur zu Gesicht bekommen?«

»Schwer zu sagen. Vier, vielleicht fünf der Arbeiter, meine zweite Assistentin, Serena Parker, ich natürlich, und …«

»Also genug.«

»Aber da unten war nichts«, protestierte Yolanda Fuentes. »Wir haben alles untersucht. Keine Gänge, keine Türen, nichts und niemand.«

Steven Burns warf einen letzten Blick auf den Grundrissplan vor ihm. »Vielleicht gibt es noch eine weitere Höhle darunter?«

Die Archäologin zuckte ratlos mit den Schultern. »Wir haben Radarmessungen vorgenommen, aber eine unterirdische Gesteinsschicht blockiert die elektromagnetischen Wellen.«

»Davon möchte ich mich gern persönlich überzeugen. Lassen Sie uns gleich aufbrechen.«

Sie verließen das Lager und schlugen den kleinen Trampelpfad zur Ruinenstadt ein. Auf dem Weg erklärte ihnen Yolanda Fuentes, dass es nicht unüblich war, unterhalb der Steinböden auf Hohlräume und weitere Katakomben zu stoßen. Ältere oder zu klein gewordene Bauten wurden in der Tradition der Maya nicht abgerissen, sondern bei Bedarf einfach vergrößert und überbaut. So lagen im Herzen vieler Tempel und Pyramiden noch Vorgängerbauten aus vergangenen Jahrhunderten verborgen.

»Die Sternwarte wurde unserem Wissen nach im dritten Jahrhundert nach Christus errichtet, aber wer weiß, von wann die Kammer darunter stammt«, erklärte sie, als die drei auf den offenen Kalkplatz traten.

Die Nebel hatten sich mittlerweile aufgelöst. Dutzende von teils verwitterten, teils meterhohen Steinsäulen verteilten sich über die Anlage.

Steven Burns war wie geblendet, gänzlich unvorbereitet auf den gewaltigen Anblick, der sich ihm auf einen Schlag darbot. Die plötzliche Weite beraubte ihn jäh der klaustrophobischen Enge unter dem Dschungeldach und ließ ihn für einen Moment nach Luft schnappen. Wie zwei erloschene Vulkanschlote erhoben sich vor ihm die uralten Steinpyramiden in den Morgenhimmel.

»Sie haben nicht zu viel versprochen«, raunte er Doktor Fuentes zu.

»Kommen Sie«, erwiderte die Mexikanerin.

Sie führte ihn und Bakerman zwischen vereinzelt stehenden Bäumen und eingestürzten Steinmauern hindurch eine steile Anhöhe empor. Auf dem Hügel stand ein einzelnes, kastenförmiges Gemäuer von nicht einmal vierzig Quadratmetern Grundfläche. Außer einer rechteckigen Türöffnung besaß der Steinklotz weder Fenster noch weitere Aus- oder Eingänge.

»Halt!« Bakerman hob eine Hand und zog Steven und Fuentes hinter einen Vorsprung.

Jetzt sah auch Steven die kleine Gruppe, die mit gepackten Rucksäcken, Seilen, Kletterhaken und Taschenlampen ausgerüstet an einem Brunnen stand.

Yolanda Fuentes befreite sich energischer, als Steven erwartet hatte, aus dem Griff Bakermans. »Die drei werden uns helfen, Licht ins Dunkel zu bringen!«

»Ausgeschlossen«, sagte Bakerman. »Ich hatte mich klar ausgedrückt: niemand außer uns!«

Steven erkannte eine blonde Frau Anfang zwanzig. Sie war groß und schlank und blickte alle paar Sekunden auf ihre Armbanduhr. Neben ihr lehnte ein älterer Mann am Brunnenschacht, unrasiert und eine Zigarette rauchend. Der dritte …

»Jesus!«, hauchte Steven.

Bakerman wandte sich um. Die Verärgerung war ihm deutlich ins Gesicht geschrieben.

»Das ist Jesus Marquez, der Gitarrenspieler von gestern Nacht«, murmelte Steven verunsichert. Die verstörenden Traumbilder kehrten wie ein Funkenschlag zurück in seinen Geist. Eine Welle der Kälte und Furcht drohte ihn zu übermannen.

»Ich vertraue den dreien mit meinem Leben«, flüsterte Yolanda Fuentes. »Jesus ist unser Geologe. Er untersucht die unterschiedlichen Mineralien und Gesteinsschichten, die wir zutage fördern.«

Steven sagte nichts.

»Die anderen beiden sind Serena Parker, meine zweite Assistentin, und Jorge Pardo, ein langjähriger Mitarbeiter und Experte für Höhlenkunde.«

Bakerman strich sich nachdenklich über die Glatze. »Wenn sich unterhalb der entdeckten Kammer wirklich eine weitere befindet ...«

»Das ist meine einzige Vermutung«, antwortete Fuentes.

»Und wenn wir da unten etwas finden, brauchen wir professionelle Unterstützung. Also schön. Aber ab sofort wird jede Entscheidung mit mir abgesprochen. Haben wir uns verstanden?«

Sie nickte zustimmend.

Serena Parker wirkte mehr als erleichtert, endlich ihre Vorgesetzte zu sehen. Euphorisch schüttelte sie erst Bakerman und dann Steven Burns die Hand.

Jorge Pardo indes presste ein unverständliches »Hola!« durch die Zähne und zog dabei an seiner Zigarette.

Der Gitarrenspieler und Geologe Jesus Marquez begrüßte Steven mit einer herzlichen Umarmung. »Schön, Sie wiederzusehen. Haben Sie gut geschlafen?«

»Wenn ich ehrlich sein soll: nein.«

Jesus grinste ihn amüsiert an. »War der Tee zu stark für Sie?«

»Ich denke, das sollte reichen«, beendete Bakerman den Austausch von Höflichkeiten. »Ich nehme an, Sie alle wissen, warum wir hier sind. Also lassen Sie uns nicht noch mehr Zeit vergeuden.«

»Gehen wir«, brummte Jorge Pardo und deutete mit dem Kopf in Richtung des quaderförmigen Gebäudes hinüber.

Als Steven durch das Steinportal der Sternwarte trat,

konnte er sich einer gewissen Enttäuschung nicht erwehren. Alles, was ihn hier erwartete, war Staub.

Der Raum an der Ostwand offenbarte ein Loch im Boden. Um die pechschwarze Öffnung war Absperrband gespannt worden.

»Die haben von hier in die Sterne geschaut?«, wunderte sich Steven und starrte zur massiven Steindecke.

»Die Untersuchungen zeigen deutlich, dass das Gebäude nachträglich zugemauert wurde«, sagte Jesus Marquez. »Ist aber ein paar hundert Jahre her.«

»Warum sollte jemand so etwas tun?«

Der Portugiese zupfte abwesend an seinem Stirnband. »Keine Ahnung.«

»Was ist mit den Zeichen an den Wänden?«, fragte Steven.

Tatsächlich waren die Innenmauern über und über mit eingemeißelten Symbolen versehen. Allerdings waren nur noch die wenigsten vollständig zu erkennen.

»Das sind Kalenderaufzeichnungen«, antwortete Serena Parker.

Steven bemerkte, dass sich die junge Frau rasch die stumme Zustimmung von Doktor Fuentes holte, weitersprechen zu dürfen.

»Die Maya glaubten an einen zyklischen Charakter der Zeit. Daher waren all ihre Rituale und Zeremonien eng mit den astronomischen und irdischen Zyklen der Natur verbunden. Sie kannten die genaue Länge des Sonnenjahres, die Dauer der Mondphasen und den Umlauf der Venus um die Sonne. Sie konnten Sonnen- und Mondfinsternisse berechnen und setzten all das in Einklang mit ihrer Religion. Was Sie hier sehen, sind solche zeitlichen Kalkulationen.«

»Und was sind das für zwei markante Linien?« Bakerman hatte seit ihrem Eintreten die Schriftzeichen schweigend betrachtet. »Sie tauchen immer wieder auf.«

»Die Linien stehen in direktem Zusammenhang mit dem Weltbild der Maya und dem Ende des nächsten Zyklus«, referierte Fuentes' Assistentin. »So soll im Jahre 2012 ein neues Zeitalter anbrechen, das wie die vorherigen die Welt verändern wird.«

»Wieder eine dieser Theorien über das Ende der Welt«, witzelte Steven kopfschüttelnd. »Das Internet ist voll mit dem Mist.«

»Die Prophezeiung stammt nicht aus dem Internet«, sagte Jesus Marquez ernst. »Es ist eine Überlieferung, an die man sich hier noch heute erinnert.«

»Bei einem guten Tee, schätze ich mal, hm?!«

Bakerman klopfte nachdenklich gegen die verzierte Steinmauer. »Was sind das für Zeitalter, von denen Sie gesprochen haben, Ms Parker?«

»Nun ja, das Maya-Zeitalter, in dem wir uns momentan befinden, ist bereits das fünfte. Jedes vorherige wurde angeblich durch eine alles umwälzende Katastrophe beendet. Rechnet man alle fünf Zyklen zusammen, dann ergibt das ungefähr 25 600 Jahre, eine Zeitspanne, die verdächtig nahe der Präzession der Erdachse kommt.«

Steven brummte allmählich der Schädel. »Der was?«, fragte er und hoffte, dass die Antwort nicht allzu lang ausfallen würde.

»Unser Planet besitzt keine exakte Kugelform, Mister Burns, sondern dreht sich wie ein Kreisel durch das All. Dieses Drehmoment der Erdachse nennt man Präzession. Für einen vollen Kegelumlauf benötigt die Erde 25 920 Jahre.«

»Aber zurück zu den zwei Linien«, schaltete sich Doktor Fuentes ein. »Die Maya haben wie gesagt ihre Astronomie streng mit der Religion verbunden. Ihr Kosmos war in drei Ebenen unterteilt: die Unterwelt, die Erde und der Himmel.«

Mit dem Finger zeichnete sie die verwitterten Einkerbungen im Gestein nach. »Daher die zwei Linien, die diese Ebenen voneinander trennen.«

»Verstehe.« Bakerman trat einen Schritt zurück und senkte den Blick von den altertümlichen Schriftzeichen zum gähnenden Schlund im Boden. »Zwei Horizonte.«

8

Steven Burns blinzelte hinauf zur Decke der unterirdischen Kammer. Ein blasser Lichtschimmer umspielte das Loch, durch das er sich soeben als Letzter hinabgeseilt hatte. Drei Seile baumelten sicher befestigt aus einer Höhe von mindestens zwölf Metern.

Es wäre ihm lieber gewesen, wenn zur Absicherung einer aus der kleinen Gruppe oben geblieben wäre. Aber Doktor Fuentes hatte darauf bestanden, dass Serena Parker, Jorge Pardo und Jesus Marquez sie begleiteten.

Die sechs Lichtkegel der Taschenlampen wanderten über glatt behauene Wände und den makellosen Boden des nicht allzu großen Raumes unterhalb der Sternwarte.

Schon nach wenigen Minuten hatte auch Steven sich überzeugt, dass es tatsächlich keine erkennbaren Ein- oder Ausgänge gab.

»Und? Haben die Experten was herausgefunden?« Jorge Pardo drückte seine Zigarette aus und lehnte mit geschlossenen Augen am grauen Fels. »Ich sagte Ihnen doch, Doktor, hier gibt es nichts.«

Fuentes schaute fragend zu Bakerman, der schweigend auf dem Boden kniete und sorgsam die Steinquader untersuchte.

»Nirgendwo auch nur eine Einkerbung zu sehen. Keine Unebenheiten. Nichts. Dieser Raum ist komplett versiegelt gewesen«, sagte er leise.

»Aber irgendwohin müssen die vier Männer doch verschwunden sein«, sagte Steven mit Blick in die Runde.

Jorge Pardo hatte einen Beutel mit frischem Tabak hervorgeholt. »Unsere Radarmessgeräte kommen nicht durch, Gott allein weiß warum. Auf moderne Technik ist auch nicht immer Verlass. Also haben Jesus und ich probeweise Bohrungen vorgenommen. Die Wände ringsum sind massiv. Keine weiteren Hohlräume.«

Bakerman stand auf. »Was glauben Sie, wozu diente diese Kammer früher einmal?«

Der Mexikaner drehte sich gemächlich eine neue Zigarette. »Vielleicht ein Vorratsspeicher, oder eine Zisterne.«

»Zisterne?«, fragte Steven.

»Eine Art Tank zum Auffangen von Regen«, erklärte Yolanda Fuentes. »In trockenen Regionen wird auf diese Weise Trinkwasser gespeichert.«

Jesus Marquez trat an Stevens Seite. »Im frühen Mittelalter hatte das Wort Zisterne noch eine andere Bedeutung. Nämlich Kerker!«, raunte er ihm verschwörerisch ins Ohr. »Die Mauren haben damals Tausende meiner Vorfahren auf der Iberischen Halbinsel gefangen genommen und in unterirdische Zisternengewölbe gesperrt.«

»Und was hilft uns diese faszinierende Information weiter?«, fragte Steven mit unverhohlener Ironie. Seit den Geschehnissen vom Vorabend traute er dem Gitarrenspieler und Geologen nicht mehr über den Weg.

»Hey, ich helfe nur beim Brainstorming.«

»Vielleicht hat Señor Marquez uns tatsächlich einen Hinweis gegeben«, schaltete sich Bakerman ein.

Fünf Augenpaare wandten sich in seine Richtung.

»Was, wenn wir uns sowohl in einer Zisterne als auch in einem Verließ befinden?«

»Wie meinen Sie das?« Serena Parker wirkte ein wenig verängstigt. »Müssten hier dann nicht Knochen zu finden sein?«

»Wenn ich mich richtig erinnere, dann haben die Maya viele ihrer Opferrituale mit dem Tod durch Ertränken beendet.«

»Unter anderem, ja«, antwortete Fuentes.

»Was denn für Opferrituale?«, wunderte sich Serena Parker mit steigender Verwirrung. »Dies hier war eine Sternwarte.«

»Irrtum.« Bakerman wirkte plötzlich sehr überzeugt. »Sie vergessen, dass wir uns nicht in, sondern unter der Sternwarte befinden. Jede neue Maya-Generation baute ihre Gebäude wie Schalen über die alten, nicht wahr?! Und die Opferungen fanden vermutlich nicht hier statt, sondern dort, wo das Wasser herkam, das in dieser Zisterne gespeichert worden ist.« Bakerman klopfte mit der Schuhsohle auf den Steinboden. »Aus der Tiefe.«

Die Aufmerksamkeit von Jorge Pardo war auf einen Schlag geweckt. »Sie glauben, wir stehen über einem der *cenotes*?«

»In der Tat.«

»Vielleicht lassen Sie uns alle an Ihrer Erleuchtung teilhaben? Was sind denn nun wieder *cenotes*«, fragte Steven.

Pardo stieß sich von der Felswand ab und schritt nachdenklich durch die Kammer. »*Cenotes* bedeutet Heilige Quellen. Stellen Sie sich die Halbinsel Yucatán wie einen löchrigen Schwamm vor. Wir wandeln täglich auf einem der größten Unterwasser-Labyrinthe dieses Planeten. Alles ist unterhöhlt von riesigen Blasen und dünnen Kanälen.«

Der Mexikaner steckte sich seine Zigarette an und nahm einen langen Zug. Die Glut schimmerte in seinen Pupillen, während er darüber nachdachte, wie er weitererzählen sollte.

»Vor 65 Millionen Jahren schlug ein Meteorit von zwanzig Kilometern Durchmesser hier ganz in der Nähe ein und löste eine Klimakatastrophe aus.«

»Die Geschichte kennen wir schon«, murmelte Steven. »Die Sache mit den Dinosauriern, stimmt's?!«

»Um es kurz zu machen.« Jesus Marquez lächelte sichtlich amüsiert. »Der Meteorit schlug einen Krater von über hundertachtzig Kilometern Durchmesser in die Erde, zerschmolz mehr als fünf Kilometer Erdkruste und wirbelte Millionen Tonnen von Schwefel in die Atmosphäre. Dieser Planet war für Jahrzehnte, vielleicht Jahrhunderte vor den Strahlen der Sonne verdunkelt. Unsere Erde wurde eisig.«

Steven musste sich wieder in Erinnerung rufen, dass der Mann vom Lagerfeuer eigentlich Geologe war.

»So ist es«, übernahm Pardo wieder die Schilderung. »Die abgelagerten Kalksedimente und der Regen höhlten im Laufe der Zeit den Boden aus, bildeten Stalaktiten und Stalagmiten und zum Ende der Eiszeit vor zehntausend Jahren eine unvorstellbare Unterwasserwelt. Direkt unter Yucatán. Die Portale in diese noch unerforschten Tiefen erkennt man als an der Oberfläche kleine, trichterförmige Seen: *cenotes*.«

»Aber hier gibt es keinen See«, widersprach Steven. »Nur Steine.«

»Legen Sie Ihre Handfläche auf den Boden, Steven.«

»Wie bitte?«

Bakerman schaute ihn ernst an. »Ihre Handfläche, so, wie ich es vorhin tat. Dann werden Sie es spüren.«

Steven Burns zögerte. Aber dann sah er, wie auch die anderen sich niederknieten und wortlos ihre Hände auf den Stein pressten.

Sekunden vergingen, bevor er es fühlen konnte.

Eine kaum merkliche Vibration, ein sanftes, gleichmäßiges Erzittern der Erde, das er ohne Bakermans Vermutung leicht mit dem Pulsieren des eigenen Blutes in seinen Fingerkuppen verwechselt hätte. »Ist das ein ...?«

»Kein See, aber ein unterirdischer Wasserlauf«, murmelte Jorge Pardo fasziniert. »Warum ist uns das nicht gleich aufgefallen?«

»Es hilft, wenn man weiß, wonach man sucht«, erwiderte Bakerman nüchtern. »Die Zwei Horizonte. Die Unterwelt der Maya.«

»Die Venen zur Mutter Erde«, flüsterte Jesus Marquez ergriffen.

»So ist es, Señor Marquez. Der Wasserpegel mag sich im Laufe der Jahrhunderte verändert haben, dennoch blieb dieser Ort ein heiliger, nicht nur weil die Maya Trinkwasser aus dieser Zisterne schöpften, sondern ...«

»... weil sie glaubten, dass ihre Toten die Unterwelt durch die heiligen Quelle betreten«, fiel ihm Yolanda Fuentes mit unerwarteter Entschlossenheit ins Wort. »Also existiert unterhalb dieser Kammer noch eine Höhle, womöglich sogar ein ganzes Labyrinth aus Tunneln und Wasserläufen. Aber wo befindet sich der Zugang? Wie sind meine Leute von hier verschwunden?«

Und woher stammte die Figur des Grauen Engels?, ergänzte Steven Burns in Gedanken. Bakerman schien der Lösung des Rätsels sehr nah zu sein, aber offenbar fehlte noch ein wichtiges Detail, um das Puzzle zu komplettieren.

»Der letzte Mann, Francis Dashell. Was wissen wir über die Umstände seines Verschwindens?«

Yolanda Fuentes zitterte. Ihre Assistentin reichte ihr augenblicklich eine unbeschriftete Pillendose und eine Flasche Wasser. »Francis warf sein Seil in die Tiefe. Wir konnten hören, wie es den Boden erreichte. Dann ließ er sich hinab, das Licht erlosch ...« Sie hustete, trank und verstaute die Dose in ihrer Hosentasche. »Und dann war er verschwunden.«

»Sonst nichts?«

»Nein.«

»Moment mal!« Steven blickte zum Lichtkreis über ihren Köpfen. »Sind alle Seile gleich lang?«

Fuentes schaute ihn verwirrt an.

»Doktor, sind diese Seile aus dem Camp genormt? Haben alle die gleiche Länge?«

»Ich denke schon«, antwortete die Archäologin unsicher. »Aber was spielt das für eine Rolle?«

Steven deutete auf die drei Seile, an denen sie zuvor hinuntergeklettert waren. »Weil keines von unseren den Boden berührt. Sie enden einen halben Meter über den Steinen.«

»Aber das würde ja bedeuten ...« Jose Pardo ließ den Strahl seiner Taschenlampe durch die Kammer gleiten.

»... dass der Boden in der Zwischenzeit abgesunken ist«, vollendete Steven den Satz. »Dass wir auf einer beweglichen Plattform stehen.«

In dem Augenblick, als er die Worte laut aussprach, wusste Steven, dass er mit seiner Vermutung richtig lag. Um die Toten, seien es Gestorbene oder Geopferte, in das Reich der Unterwelt zu geleiten, zu den Venen der Erde, hatten die Maya aus einem noch unbekannten Grund eine Art altertümlichen Fahrstuhl konstruiert. Vermutlich ließ sich der Boden mit einem Flaschenzug oder einer ähnlichen Mechanik steuern und bewegen.

Nach ihren Schätzungen war der Boden seit Dashells Verschwinden um mindestens einen Meter abgesunken. Irgendwo auf Kniehöhe musste sich demzufolge ein Ausgang befinden, ein getarnter Weg hinaus aus der Zisterne, der in das von Pardo und Marquez beschriebene Geflecht aus weit verzweigten Stollen, Gewölben und Geheimnissen führen würde.

Doch noch war ungeklärt, wer diese Konstruktion bediente und anstelle der Entführten die mysteriöse Statue des Grauen Engels zurückgelassen hatte.

»Hier!«, rief Jorge Pardo erregt. »Hier, entlang dieses Steinquaders, verläuft ein feiner Spalt. Davor liegen Kiesel und Staub.«

»Es hilft, wenn man weiß, wonach man sucht«, grinste Jesus Marquez.

»Das wird es sein«, sagte Bakerman. »Versuchen Sie, den Quader zu bewegen.«

Pardo starrte auf die entsicherte MP in Bakermans Hand.

»Passen Sie auf, wo Sie mit dem Ding hinzielen, ja?!«, keuchte der Mexikaner.

Auch Serena Parker registrierte die Waffe mit erkennbarem Unbehagen.

»Auf wen oder was auch immer wir hier treffen werden, ich bin gerne vorbereitet«, erwiderte Bakerman kühl.

Der Stein ließ sich erstaunlich leicht verschieben. Wie auf winzigen Rollen glitt der Felsquader zurück ins Dunkel.

Jorge Pardo bückte sich und leuchtete mit der Lampe in den freigelegten Stollen. »Gerade hoch genug, um hindurchzukriechen«, murmelte er. »Wer will zuerst?«

Steven Burns hockte sich neben den Mann. Das Rauschen des unterirdischen Flusses war nun deutlicher zu vernehmen. Aber da war noch etwas.

Etwas Fremdes, Altes.

Er glaubte nicht, dass die anderen es ebenfalls spürten oder gar hörten. Es klang wie ein Windhauch, wie ein heiseres Zischen. Oder wie ein Atmen, das sich verloren in der Finsternis umhertrieb und wartete.

Es kannte ihn. Schien seinen Namen zu rufen.

Ein Grauen überfiel Steven, als ob eine Klaue durch unsichtbare Türen nach ihm griff. Seine Hände wurden kalt, seine Stirn fiebrig.

»Schalten Sie Ihre Lampe ein!«, klangen die Worte gedämpft in seinem Rücken.

Steven stutzte.

Er befand sich bereits mehrere Meter tief im Tunnel. Er musste auf allen vieren vorangekrochen sein, obwohl er sich nicht daran erinnern konnte. Hatte er nicht eben noch neben Jorge Pardo gekniet? Unter seinen Handflächen fühlte er den rauen Fels und ein leichtes Brennen, dort, wo sich spitzes Geröll unter seine Haut gebohrt hatte.

»Steven!« Es war Bakerman. »Sind Sie in Ordnung?«

»Schon gut.« Vorsichtig setzte er seinen Weg fort. Die anderen folgten in dichtem Abstand.

Er konnte ihre Wärme hinter sich fühlen, das Schlagen ihrer Herzen, den Schweiß auf ihrer Haut. Es war, als würden seine Sinne mit jedem Meter ausgeprägter werden. Noch immer vernahm er hin und wieder das unverständliche Wispern, das sich mit den Geräuschen des fließenden Wassers vermengte.

Der Stollen fiel weiter ab, ohne die Richtung zu wechseln. Erst sehr steil, dann immer ebener werdend. Spalte und Risse zogen sich durch den Stein. Schließlich verschwanden die beengenden Wände, und Steven richtete sich auf.

Nach und nach kletterten auch die anderen aus dem engen Tunnel.

Im wandernden Licht der Taschenlampen sahen sie flüchtig Treppen und kantige Torbögen, weitere Gänge und Schächte, die schwarz und unergründlich wie klaffende Münder in den umliegenden Felswänden gähnten.

»Der Fluss«, flüsterte Jesus Marquez ehrfürchtig.

Der Wasserarm rauschte über ein breites Rinnsal und versank etwa zwanzig Meter weiter im grauen Gestein.

»Riechen Sie das auch?«, wandte sich Steven an Bakerman, der unmittelbar hinter ihm stand.

Aber Bakerman antwortete nicht. Auch Jesus Marquez war wie gelähmt. Jetzt erst sah Steven, welch grauenvoller Anblick die beiden Männer in seinen Bann geschlagen hatte.

An den Füßen festgeschnürt hingen vier Körper an meterhohe Stalagmiten gefesselt. Sie waren nackt. Das schneeweiße Fleisch glänzte unversehrt.

Yolanda Fuentes stieß einen Schrei aus und stützte sich an ihrer Assistentin ab. »O mein Gott ...« Serena Parkers Stimme war kaum mehr als ein Wispern.

»Sind sie das?«, fragte Bakerman.

Jesus nickte. Der Portugiese schien den Schock weitaus besser zu verkraften als die beiden Frauen. Dennoch hielt er sich die Hand vor den Mund.

Bakerman streckte seinen Arm aus und berührte einen der schlaffen Körper. »Man hat sie ausbluten lassen.«

Die Haut war trocken wie Pergament und blätterte an der Stelle, wo Bakerman den Toten berührt hatte. Die Augen stierten leer in die Ferne. Ein feiner Schnitt unterhalb des Kehlkopfes war die einzig sichtbare Wunde.

»Aber hier ist kein Blut«, sagte Steven betroffen.

Bakerman wies auf den staubigen Untergrund. »Sehen Sie, da hat etwas gestanden. Möglicherweise ein Behälter.«

»Dann wurde damit das Blut aufgefangen und weggeschafft?!«

»Wer ist zu so etwas imstande?«, keuchte Jesus. Er packte ihn am Ärmel. »Wer?«

Steven entging nicht, dass sich Bakermans Hand fester um den Griff der MP schloss.

»Lassen Sie mich auf der Stelle los.«

Der Geologe wich zurück. »Sie wissen doch was, sonst wären Sie nicht hier.«

»Wir müssen sie losbinden und nach oben bringen«, flüsterte Yolanda Fuentes. Ihr Gesicht war fast so bleich wie das der Leichen.

»Wo steckt eigentlich Jorge?«

Alle drehten sich zu Serena Parker.

»Er war eben noch direkt hinter mir.« Sie leuchtete in Richtung des Stollens, aus dem sie gekommen waren.

»Gehen Sie zur Seite.« Bakerman bedeutete den anderen, still zu sein.

Er neigte den Kopf und lauschte.

Niemand wagte auch nur zu atmen.

Dann hörten sie es. Undeutlich zwar, aber gut genug, um es orten zu können. Es kam es aus dem Gang, den sie kurz zuvor noch entlanggekrochen waren. Die Laute klangen wie das Flehen eines Sterbenden, der nicht länger die Kraft besaß, seine Stimme zu erheben. Ein letztes gurgelndes Röcheln, dann ein kaum wahrnehmbares Grollen, das sich kurz erhob und dann in der Ferne verebbte.

»Was war das?« Serena Parker sah aus, als würde sie jeden Moment ohnmächtig werden.

»Steine«, erwiderte Bakerman. »Steine, die aufeinander schaben.«

Bakerman zog ein Feuerzeug hervor und hielt die aufspringende Flamme vor den Stolleneingang. Sie bewegte sich kaum. »Man hat uns den Rückweg abgesperrt.«

Jesus Marquez faltete die Hände. »Wir sitzen in der Falle.«

»Und Jorge?«, fragte Parker zögernd.

Bakerman schüttelte den Kopf.

Steven hob den Kopf. »Sie kommen«, hauchte er.

Im nächsten Moment tönte ein einzelner Ruf durch die Katakomben. Unmenschlich, schrill, entschlossen.

»U than hahal ku …«

Das Rauschen des Wassers stieg an, etwas brandete durch die Öffnungen im Fels, dann fegte ein heißer Sturmwind durch das Gewölbe. Die Wasseroberfläche des Flusses kräuselte sich und bildete kochende Blasen.

»U than hahal ku …«, kam es aus einem der anderen Schächte.

Yolanda Fuentes starrte Bakerman an. »U than hahal ku, die Sprache der Maya: Das Wort des wahren Gottes!«

Die Luft in der Höhle lud sich immer mehr auf, wurde heißer und heißer, während die Stollen um sie herum sich mit furchteinflößendem Leben füllten. Die Schritte unzähliger nackter Füße hallten von den Wänden zurück, begleitet von immer denselben Lauten und Rufen.

Bakerman riss sich die erhitzte Uhr vom Handgelenk, bevor sich das Metallarmband in seine Haut brannte. »Wir müssen hier weg!«

»Und wohin?«, kreischte Serena Parker hysterisch.

»Die sind überall!«

Jesus Marquez und Yolanda Fuentes liefen zu einem der steinernen Torbögen.

»Nein«, rief ihnen Steven zu.

Alle blickten auf.

Er war auf einen Treppenvorsprung gesprungen, dessen halb verfallene Stufen schlangenhaft in die Höhe führten. Auf dem Sims über ihren Köpfen war ein weiterer Gang zu sehen. »Das ist unsere einzige Chance!«

»Sind Sie verrückt?«, schrie Serena Parker. »Woher wollen Sie das wissen?«

»Ich …« Steven ruderte hilflos mit den Armen. »Ich weiß es einfach, okay?! Ich kann es fühlen!«

Bakerman zögerte nur einen Augenblick. Dann eilte er Steven hinterher.

»Ich glaube ihm«, keuchte Jesus Marquez und zerrte Fuentes mit sich, ohne deren Reaktion abzuwarten. »Passen Sie auf, Doktor, die Treppe ist brüchig.«

Das sprudelnde Wasser zischte, als wäre brennende Lava hineingeleitet worden. Kochender Dunst breitete sich in der Höhle aus. Die Rufe aus den Gängen waren mittlerweile ohrenbetäubend. »U than hahal ku, u than hahal ku!«

Steven hatte den erhöhten Felssims mittlerweile erklommen. Er reichte Bakerman die Hand und half ihm über die letzten Stufen hinweg. Dann kam Yolanda Fuentes. Vor Anstrengung spuckte sie blutigen Auswurf und bekam ihren Husten nicht mehr unter Kontrolle. Aber gemeinsam gelang es Jesus Marquez und Bakerman, sie in die scheinbare Sicherheit des von Steven auserwählten Ganges zu retten.

»Serena!«, rief Steven. »Wo bleiben Sie?«

Die blonde Frau taumelte wie benommen am Fuße der Treppenstufen. Dabei hielt sie sich den Nacken, als hätte sie dort etwas gestochen. »Hilfe!«

Dann verschluckten sie die heißen Wolken.

»Serena!«, rief er erneut, von Verzweiflung getrieben, weil er sie nirgends mehr sehen konnte.

Schatten strömten in die Höhle, witternd, schnaufend, gierig. Wie ein Heer fahler Ameisen spuckte der Fels die nackten, geschundenen Körper aus. Sie schwangen Fackeln in den Händen, deren feuriger Schein sich in den gespenstischen Nebeln verfing.

Steven erschauderte.

Mit jedem Ruf, der neu ertönte, starrte er in zahnlose Mundhöhlen, in denen spitz zugeschnittene Zungenmuskel zuckten. Die Köpfe der Männer und Frauen, die sich dort wie ein Heuschreckenschwarm unter ihm am Höhlenboden ausbreiteten, konnte man kaum mehr als menschlich bezeichnen. Die Schädel waren unnatürlich verformt, lang und gekrümmt.

Wie der Mann aus dem Dschungel, durchfuhr ihn die Erkenntnis. Die veränderten Knochenstrukturen glichen ohne Zweifel denen des Mannes aus dem Regenwald, der spurlos verschwunden war. Dann fiel ihm etwas anderes ein: der Dschungel und die verzweigten Unterhöhlungen, von denen Pardo erzählt hatte. Ein Hoffnungsfunken keimte in Steven auf. Vielleicht gab es noch mehr Wege in die Tiefe und somit auch zurück an die Oberfläche.

»Neiiiin!« Der Schrei riss ihn aus seinen Gedanken.

Ein letztes Mal starrten die Augen von Serena Parker aus dem Dunst zu ihm empor, dann griffen Dutzende von Händen nach ihr, und im nächsten Moment wurde sie unter einem Berg von zuckenden Leibern erstickt.

Fassungslos und mit tränenden Augen wich Steven Burns zurück in die Finsternis des Ganges hinter ihm. Dann begann er zu rennen, so schnell ihn seine Füße trugen.

9

Das Chicanná Ecovillage lag auf direktem Weg nach Calakmul inmitten des Regenwaldes. Das Ressort war Anlaufpunkt sowohl für Rucksacktouristen als auch für organisierte Reisegruppen, die das größte tropische Waldgebiet Mexikos erkunden wollten. In angenehmen Abständen waren unter dem Dschungeldach Holzkabinen und Bungalows errichtet und an vielen Stellen zwischen den gewaltigen Bäumen Hängematten gespannt. Von einem der Haupthäuser klang Planschen aus einem Pool und fröhliches Kindergeschrei.

»Das ist eine Blaukappenamazone«, erklärte der Gärtner, der sich Joyce und Larry als Gustavo vorgestellt hatte. Ein Papagei mit leuchtend blauer Kopfzeichnung saß keine vier Schritt entfernt auf einem Baumstumpf und kaute ungestört an seinen Nägeln. »Sehr selten. Hier in Mexiko schützen wir sie, so gut wir können. Aber der illegale Handel blüht weiter. Alles Verbrecher.«

»Wem sagen Sie das?!«, erwiderte Joyce.

Gustavo trug nur ein verschwitztes Unterhemd und olivgrüne Mickey-Mouse-Shorts. Er winkte Larry zu, der noch immer den blauköpfigen Papagei bestaunte, dann setzten sie ihren Weg durch das Ressort fort.

Larry Newman war mehr als beeindruckt von der Artenvielfalt, die Chicanná zu bieten hatte. Am Wegrand, in den Ästen der Bäume oder auf den Dachgiebeln der Hütten – von überallher schillerten bunte Gefieder, glänzten fremdartige Insektenchitinpanzer, so groß wie Tennisbälle, oder drangen die fremdartigsten Tierlaute.

Joyce Kramer trug derweil ihre Umhängetasche dicht am Körper. Sie fühlte die schweren Auswölbungen der zwei Statuen an ihrer Hüfte. Der unbeschwerte Frieden, der über diesem Ort lag, konnte sie nicht darüber hinwegtäuschen, dass am Abend zuvor ein Mann gestorben war, der das Geheimnis dieser Figuren hatte ergründen wollen. Schweiß rann ihr in Strömen die Wirbelsäule hinab.

Die Skulpturen der Grauen Engel verlangten einen furchtbaren Preis. Jean-Paul Legrand hatte sie gewarnt. Ihm waren die Zähne ausgefallen, er hatte sein Augenlicht eingebüßt und letztendlich mit dem Leben bezahlt.

Nur Blut würde sie schützen, hatte er behauptet. Und Blut hatten sie gegeben.

Immer wieder prüfte Joyce unbewusst mit der Zungenspitze den festen Sitz ihrer vorderen Zahnreihen. »Wie weit noch, Gustavo?«

Der Gärtner lachte. »Amerikaner sind so ungeduldig. Mehr, mehr, mehr. Als wäre das Leben nicht schöner mit viel Zeit.«

»Wir sind keine Amerikaner.«

»Kanadier«, ergänzte Larry.

Gustavo zuckte mit den Schultern, dann verließ er den kühlen Schatten des Trampelpfades und führte sie über eine frisch gemähte Wiese. Ein elektrischer Sprenger bewässerte den Stamm eines Baumes, dessen Höhe Larry auf über zwanzig Meter schätzte. Die Borke schimmerte braunrot im Sonnenlicht.

»Wir schützen nicht nur die Tiere«, erklärte Gustavo stolz. »Wir in Chicanná pflegen auch Pflanzen. Wir sammeln Regenwasser für unser Air-Conditioning-System, wir verwerten Müll. Wir sind gut.«

»Wirklich ganz reizend.« Joyce versuchte zu erkennen, wohin der Mann sie brachte.

Am Ende der Wiese stand ein einzelnes Gebäude, über dessen Eingang ein schlichtes Holzkreuz genagelt war. Die Tür selbst besaß die Form eines Schlangenmauls.

»Chicanná bedeutet Haus des Schlangenmauls«, erklärte ihnen Gustavo. »Nicht weit liegen die Ruinen, die erst vor etwas über vierzig Jahren entdeckt wurden. Aber wir haben nicht viele. Wenn Sie weiterfahren, kommen Sie nach Calakmul. Dort gibt es …«

»Ist das eine Kirche?«, unterbrach ihn Joyce.

Er lächelte. »Es ist das Haus des Glaubens.«

Die Kapelle wirkte nicht sehr christlich. »Finden Sie nicht, dass die Schlange etwas fehl am Platz ist?«

»Hier in Mexiko wir glauben an viele Dinge. An alte Götter, an neue Götter, an nur einen Gott.« Gustavo blieb stehen und bekreuzigte sich. »Warum kann ein heiliger Ort nicht alles vereinen?«

Larry spürte die wachsende Unruhe seiner Begleiterin. Ihnen lief die Zeit davon. Sie hatten Bakerman nicht erreicht, da die Verbindung zum Camp von Doktor Yolanda Fuentes noch immer tot war. Dennoch hatten sich Larry und Joyce entschieden, einen Zwischenstopp in Chicanná einzulegen, um mehr über die Herkunft der zweiten mysteriösen Engelsstatue zu erfahren.

Jean-Paul Legrand hatte einen Mann erwähnt: Miguel. Von ihm hatte er die Figur erhalten. Jetzt galt es, ihn zu finden. Wenn diese Figuren wirklich eine Art Schlüssel für ein Portal waren, dann brauchten sie jede noch so kleine Information, die ihnen weiterhelfen konnte.

»Ich muss zurück an Arbeit«, verabschiedete sich der Gärtner händeschüttelnd von ihnen.

»Und Miguel?«, rief Joyce ihm nach.

»Sie werden ihn hören, wenn Sie durch den Mund

der Schlange gehen«, lachte Gustavo, dann entschwand er über die Wiese in Richtung der Bungalows.

Die Luft im Innern war stickig und heiß. Moskitos schwirrten surrend umher. Das ständige Surren der winzigen Flügel erfüllte die kleine Kapelle wie mit der Melodie eines endlosen Mantras.

Trotz traditioneller Einrichtungen wie der Schale mit Weihwasser oder einem Beichtstuhl zu ihrer Linken, war es weniger eine katholische Kirche als vielmehr eine seltsame Mischung aus religiös anmutendem Museum und exotischem Gewächshaus. Riesige Topfpflanzen thronten neben der Kanzel, die Blätter so unglaublich grün und fleischig, dass Larry zuerst dachte, es könne sich nur um Attrappen handeln.

Wände und Decke der Kapelle waren mit Schlingpflanzen bedeckt, aus denen Blüten in den phantastischsten Farben wuchsen. Inmitten dieses botanischen Ambientes lugten Steinköpfe in der Form alter Maya-Götter hervor, während sich zwischen den Holzbänken für die Betenden milde lächelnde Buddha-Statuen erhoben.

Larry und Joyce nahmen schweigend in einer der hinteren Reihen Platz. Die Kapelle war so gut wie leer. Joyce zählte nur sieben andere Besucher, die aufmerksam der Predigt folgten.

»Und wer von denen ist jetzt dieser Miguel?«, flüsterte ihr Larry zu.

»Wir werden ihn hören, wenn wir durch den Mund der Schlange gegangen sind.«

»Ah ja …« Er sah sich um. Über dem Altar am Ende des Ganges hing ein dunkelhäutiger Christus ans Kreuz geschlagen. Larrys Blick fiel auf den Mann in der Kanzel. »Sie meinen, es ist der Prediger?«

»Pater Miguel. Das erklärt auch seine Verbindung mit Legrand. Unser toter Freund hat sich schließlich sowohl mit Okkultem als auch mit den Weltreligionen beschäftigt.«

Larry beugte sich zu Joyce. »Also, was machen wir jetzt?«

»Warten und zuhören. Und ihn uns nach der Predigt vorknöpfen«, flüsterte Joyce mit Blick auf ihre Armbanduhr. »Die volle Stunde ist bald um.«

Pater Miguel erinnerte eher an einen Surfer oder Alt-Hippie als an einen katholischen Geistlichen. Zwar trug er ein liturgisches Messgewand, eine Soutane, aber die schwarzen Ärmel waren hochgekrempelt und offenbarten viele kleine Tätowierungen. Außerdem hatte sich der Mann offenbar seit Tagen nicht rasiert, und seine langen Haare fielen ungekämmt über die Schultern.

Larry Newman überkam für einen Moment die Befürchtung, der wahre Priester würde zusammengeschlagen und gefesselt hinter dem Altar liegen, während ein arbeitsloser Barkeeper aus Hawaii zu ihnen sprach. Doch dann fiel ihm auf, wie gebannt die anderen Besucher dem Gottesdienst lauschten.

Larry lehnte sich zurück und musste sich eingestehen, dass die ungewöhnliche Atmosphäre in der Kapelle in der Tat entspannend wirkte. Zudem war die Stimme des Mannes angenehm weich und sein Englisch wohl akzentuiert.

»... so müssen wir uns täglich fragen, warum fühlen wir uns isoliert von der Natur? Warum entmenschlichen wir die Welt, die uns umgibt, und hören nicht länger die Steine, Pflanzen und Tiere zu uns sprechen? Warum halten wir Träume und Phantasien für Irrglauben und bekämpfen sie?«

Pater Miguel strich sich eine der langen Haarsträhnen aus dem Gesicht und fuhr fort: »Was wir in unserem Unterbewusstsein gespeichert haben, sind die Botschaften Gaias, der Mutter Erde, die unsere ursprüngliche Natur wieder ans Licht bringen können. Tief in uns existieren Instinkte und Wissen, begraben ja, aber nicht ausgestorben. Leider verstehen wir diese Sprache nicht mehr, leider sind die Botschaften für uns fremd und unverständlich geworden …«

Joyce verdrehte die Augen. »Gaia? Unsere Mutter Erde?«

»Sie sind nicht sehr gläubig, was?«, murmelte Larry.

»Ich habe gelernt, ohne Krücken zu gehen.«

Larry wusste nicht, was er darauf erwidern sollte. Er wandte den Kopf zur Kanzel.

»… war in den alten Kulturen das Bewusstsein vorherrschend, dass die Erde selbst eine Seele besitzt. Dass alles verbunden ist, weil alles auf alles wirkt, so der ewige Kreislauf des Wassers oder der Verfall von organischen Körpern und daraus wieder fruchtbar werdender Boden. Und ich frage euch, folgt ihr heutzutage nicht auch dem Bann materieller Bedürfnisse auf Kosten Gaias? Umweltverschmutzung und Umweltzerstörung sind Symptome einer erkrankten Umwelt, die wiederum Spiegelbild des erkrankten Menschseins ist. Die Lehren der Psychosomatik erhalten einen neuen Klang, wenn man begreift, dass wir mit der Natur verbunden sind und die Natur durch uns lebt und wir durch sie. Zweifeln wir an der Göttlichkeit dieser Verbindung, so zweifeln wir an unserer eigenen Existenz. Vernichten wir sie, so vernichten wir uns.«

Pater Miguel breitete die Arme aus. »Und nun gehet hin in Frieden. Und vergesst nicht, dass ihr den Frieden sowohl bewahren wie auch erschaffen könnt. Amen.«

Joyce legte eine Hand auf Larrys Arm und wartete, bis der Letzte die Kapelle verlassen hatte. »Bleiben Sie hier. Ich spreche mit Miguel.«

»Allein?« Larry sah, wie der Priester aus der Kanzel herabstieg und sie dabei interessiert musterte.

»Ich will ihn erst mal ein bisschen aushorchen und mir einen Eindruck verschaffen.«

Larry gab sein stummes Einverständnis, kaum dass der Priester auf sie zutrat.

»Neue Gäste in Chicanná? Hat Ihnen meine Predigt gefallen?«, begrüßte sie der Mann.

»Leider haben wir den Anfang verpasst«, sagte Joyce entschuldigend.

Pater Miguel antwortete mit einem Lächeln. »Das haben wir alle.«

Joyce machte zwei Schritte auf den Beichtstuhl zu. »Ich habe mich gefragt, ob Sie vielleicht kurz Zeit hätten, Pater.«

»Selbstverständlich. Und was ist mit Ihnen?«

Larry fühlte sich von der Freundlichkeit des Mannes entwaffnet. »Ich, äh ... werde noch etwas beten«, log er und spürte, wie unnatürlich seine Worte klangen.

Pater Miguel klopfte Larry bestärkend auf die Schulter, dann zog er sich mit Joyce hinter die nur durch einen schwarzen Vorhang abgetrennten Kabinen des Beichtstuhls zurück.

Die Luft hier war noch schwerer zu atmen. Als Joyce sich auf die schmale Holzpritsche setzte, klebte ihr Hemd durchnässt am Rücken. Sie blickte zur vergitterten Öffnung in der dünnen Wand, die die beiden Innenräume voneinander trennte.

Der Priester hatte die Hände vor der Brust zusammengeführt, offenbar als Zeichen, dass er bereit war. »Was kann ich für Sie tun?«

Sie wusste nicht, wie sie beginnen sollte. Sie hatte sich während der Predigt eine passende Geschichte parat gelegt, um anhand der Reaktion des Mannes zu testen, mit wem sie es zu tun hatte. Aber Pater Miguel wirkte zu selbstsicher, um sich durch eine banale Lüge aus der Reserve locken zu lassen.

Konnte sie ihm trauen? Hatte sie Legrand getraut?

Er räusperte sich. »Wenn es Ihnen im Augenblick schwerfällt, offen zu sprechen, dann können Sie gerne später wiederkommen.«

Später? Joyce atmete tief durch.

Das leise Ticken des Sekundenzeigers ihrer Uhr mahnte zur Eile. Sie waren schon viel zu lange unterwegs. Was, wenn Bakerman und Steven wirklich in Gefahr waren? Was, wenn die beiden ihre Hilfe brauchten?

»Nein«, sagte sie. »Es muss jetzt sein.«

Er nickte. »Gut. Was haben Sie auf dem Herzen?«

»Das hier.« Joyce Kramer griff in die Umhängetasche. Die Figur war in festes Tuch eingeschlagen. Als sie den Stoff entfernte, schnappte der Mann hörbar nach Luft.

»Ich wusste, Sie würden es wiedererkennen, Miguel.«

»Woher ...?« Dann besann er sich. Seine innere Ruhe kehrte schlagartig zurück, so als hätte man nur einen Schalter umlegen müssen. »Legrand.«

»Er ist tot.«

Miguel starrte sie ausdruckslos an, aus Augen, die kurz zuvor noch voller Lebensfreude gewesen waren. »Wer sind Sie?«

»Wir müssen wissen, woher Sie die Statue haben und ob es noch mehr davon gibt.«

»Warum sollte ich Ihnen irgendwas erzählen?«, fragte Pater Miguel mit erstaunlicher Gelassenheit.

»Weil Menschen wegen dieser Statuen gestorben sind. Legrand war nur einer von ihnen. Vier weitere Männer sind in Calakmul verschwunden, vermutlich sind sie tot.«

»Calakmul? Was wissen Sie von Calakmul?«

Joyce entschied sich für einen Bluff. »Mehr, als Sie ahnen.«

Der Priester lehnte sich auf seiner Pritsche zurück. »Dann erzählen Sie mir davon.«

»So läuft das nicht, Miguel. Ich werde Ihnen die Fragen stellen.«

»Ach ja? Schauen Sie mal hinter den Vorhang.«

»Warum?«

»Tun Sie's einfach.«

Zögernd stellte Joyce die zwei Figuren ab und ließ ihren Elektroschocker in die Hand gleiten. Dann schob sie vorsichtig den schweren Vorhang ein Stück beiseite.

Es war alles still. Zu still.

Die Bank, auf der Larry Newman gesessen hatte, war verwaist.

»Wo ist mein Begleiter?«

Miguel lächelte eisig. »Sehen Sie doch nach.«

Joyce verließ den Beichtstuhl. Der Elektroschocker in ihrem schwitzigen Griff lud sich auf die höchste Stufe.

»Larry?«

Da war eine Bewegung zwischen den Bänken.

Sie machte einen Schritt, dann sah sie ihn. Larry Newman krümmte sich auf dem Boden der Kapelle. Sein Gesicht war rot angelaufen, Schaum stand ihm vor dem Mund. Er versuchte, ihr etwas mitzuteilen, aber kein Laut entkam seiner geschwollenen Kehle.

Joyce riss den Vorhang beiseite und zielte mit dem Schocker auf die Stirn des Priesters. »Was ist mit ihm?«, schrie sie.

»Ein Klopfer auf die Schulter und schon ...« Miguel zeigte ihr ein leeres Fläschchen. »Schlangengift. Sickert durch den Stoff und wirkt bei bloßem Hautkontakt. Ihr Freund wird ersticken. Ihm bleibt vielleicht noch eine halbe Minute.«

»Was wollen Sie, verflucht?!«

Der Mann erhob sich. »Ich habe Sie von der Kanzel beobachtet. Ich ahnte, dass Sie Ärger bedeuten.«

Larry stieß ein erbärmliches Röcheln aus. Seine Füße hämmerten spastisch gegen die Holzbank.

»Sie haben gewonnen.« Joyce ließ den Schocker sinken. »Ich erzähle Ihnen, was Sie wollen. Nur geben Sie ihm das verdammte Gegengift.«

Der Priester klopfte sich amüsiert über das schwarze Gewand. »Wo habe ich es denn?«

»Machen Sie schon!« Joyce erkannte, dass Larrys Kräfte nachließen. Die Bewegungen wurden zusehends langsamer. »Er stirbt!«

»Trinken Sie das!«, befahl Miguel. Er reichte Joyce eine Ampulle mit einer glasklaren Flüssigkeit.

»Ich?«

»Ja, Sie!«

»Was ist das?« Atemlos schraubte sie den Korkverschluss ab.

»Ihre Entscheidung über Leben und Tod.« Miguel blickte empor zum Gekreuzigten über dem Altar. »Und er sprach: Ich befehle meinen Geist in deine Hände!«

Joyce fühlte, wie ihr der Boden unter den Füßen fortgerissen wurde. Ein kaum zu kontrollierendes Verlangen nach Gewalt und Vergeltung verbrannte ihr das Herz, gleichzeitig rebellierte etwas in ihr gegen die Versuchung, den Mann einfach niederzustrecken. Ohne ihn würde sie Larry nicht mehr retten können.

Also führte Joyce Kramer die Ampulle an ihre Lippen und trank.

10

Yolanda Fuentes rieb mit dem Daumen über ihren schmerzenden Ringfinger. Sie kauerte schwer atmend auf dem Felsboden und musste an Benjamin denken, wie er sie fast auf den Tag genau vor zwei Jahren aus dem Krankenhaus abgeholt hatte. Niemals würde sie die lange Autofahrt vergessen, auf der sie vergeblich versucht hatte, ihren Ehemann zu überzeugen.

»Ich will arbeiten. Ich muss!« Trotz der Krankheit.

»Was ist mit unseren Plänen?«, hatte er gefragt. »Mit Kindern? Oder dem Haus am Strand, das wir uns gewünscht haben?« Was ist mit unserer Zukunft?

Die Diagnose der Ärzte hatte Yolanda die Augen geöffnet. Ihr blieben vielleicht noch zwei, drei Jahre, im besten Fall. Oder nur wenige Monate. Wer konnte das schon sagen?

Zukunft? Das Wort hatte seinen Zauber verloren. Es gab nur noch das Hier und Jetzt. Nur noch die Gewissheit, dass es jeden Tag vorbei sein könnte.

Benjamin hatte es nicht verstanden, aber Yolanda hatte eine Entscheidung treffen müssen. Sie hatte ihre Ehe beendet. Die tägliche Aufgabe, die Verantwortung und die Befriedigung durch ihren Beruf, all das definierte ihr Dasein. Sie konnte es nicht ablegen wie einen aufgetragenen Mantel.

Sie wollte ihren Namen in Geschichtsbüchern verewigt sehen und sich selbst in die Chroniken der archäologischen Forschungsannalen schreiben.

Calakmul sollte ihr Grabmal werden.

Sterben in den Stiefeln, hatte sie es scherzhaft genannt. Nicht besiegt durch den Blutkrebs, durch das fortgeschrittene Stadium ihrer Leukämie, sondern sich verabschieden in den Ruinen einer untergegangenen Zivilisation, für die einst das Blut die Verbindung zu den Göttern bedeutete.

Blut ... Welche Ironie des Schicksals, dachte Yolanda, aber passend.

Ein halbes Jahr später war die Scheidung durch die Anwälte bestätigt worden. Nach ihrem letzten Kenntnisstand lebte Benjamin jetzt in Montana und arbeitete als Tierarzt. Sie hoffte, dass es ihm gut ging. Vielleicht hatte er sich wieder verliebt und eine neue Chance auf Familie und privates Glück gefunden.

Yolanda bereute nichts, und doch überkam sie in schwachen Momenten der Phantomschmerz einer verlorenen Zeit, als hätte sie den goldenen Ring an ihrem Finger niemals abgenommen.

Steven Burns und Jesus Marquez waren vorausgeeilt. Sie suchten nach einem Ausgang aus den Höhlen. Undeutlich nahm Yolanda Fuentes den Lichtschimmer der Taschenlampen wahr, irgendwo hinter der nächsten Biegung. Die Stollen verzweigten sich hundertfach, verliefen in Sackgassen oder zu schrumpfenden Schächten, die ein Weiterkommen unmöglich machten. Zwar zeigte ihr Kompass an, dass sie nicht im Kreis liefen, aber die Hoffnung auf ein Entkommen wurde mit jeder Stunde geringer. Sie würden verhungern, wenn ihre schrecklichen Verfolger sie nicht vorher aufspürten.

Das Schlucken der Pillen fiel ihr schwer. Ihr Hals war zu trocken. Sie musste es viermal probieren, bevor sie die Kapsel endlich durch ihre Speiseröhre bekam.

»Es ist so ruhig«, sagte sie schwach. »Keine Schritte, keine Schreie.«

Ihr Vater half ihr auf die Beine. »Vielleicht haben wir sie abgeschüttelt.«

»Als ob das uns irgendwie helfen würde.«

Bakerman stützte sie am Arm, während sie langsam weitergingen. »Wenn du uns aufgegeben hättest, würdest du deine Tabletten nicht mehr nehmen«, stellte er sachlich fest.

»Du fragst mich gar nicht, was das für Medikamente sind?«

Er blickte starr nach vorne. »Wir dürfen den Abstand nicht zu groß werden lassen.«

»Ihr solltet mich zurücklassen. Ich sterbe eh und ich behinde…« Ein Hustenanfall erstickte ihre Worte. Als sie die Hände vom Mund nahm, klebte frisches Blut daran.

Bakerman sagte nichts, stattdessen führte er seine Tochter umso energischer durch die Finsternis des Ganges.

Sie lächelte. »Das war dumm von mir, oder?«

»Allerdings!«, antwortete Steven Burns auf die Frage von Jesus Marquez. Er war noch immer stinksauer, obwohl der Portugiese sich äußerst verständnisvoll zeigte.

»Okay, ich hätte bleiben sollen, um abzuwarten, ob es Ihnen gut geht. Aber Sie müssen mir glauben, ich kannte die alte Frau selbst nicht. Sie hat sich zu mir ans Feuer gesetzt und angefangen, in meiner Sprache zu singen. Ich hatte das Gefühl, sie wartet auf jemanden.«

»Auf mich?« Steven schaute nachdenklich zurück, aber Bakerman und Doktor Fuentes waren noch immer nicht in Sichtweite.

»Auf wen auch immer. Als Sie dann kamen und sich irgendwann auf die Seite legten und die Augen schlossen, da dachte ich, sie wären einfach nur müde«, erklärte Marquez und zog beiläufig die Schnallen seines Rucksackes enger.

Steven fragte sich, was der Geologe wohl für eine Ausrüstung mit sich trug und ob es ihnen in der gegenwärtigen Lage irgendwie weiterhelfen würde.

»Also hat mir die Alte was in den Tee geschüttet, und Sie wussten von nichts, Jesus?!«

»Ich wusste und ich weiß von nichts.« Der Strahl seiner Taschenlampe fand eine schmale Öffnung im Stein. »Aber ich bin bereit für alles, was wir hier unten finden werden.«

»Bereit?«

»Was glauben Sie, warum ich mich freiwillig gemeldet habe, als Jorge sich im Camp verplappert hatte?«

Freiwillig? Steven dachte an Serena Parker, ihren Schrei, und an Jorge Pardo, dessen Schicksal ebenso ungewiss war. Sie hatten beide zurückgelassen. War Jesus Marquez das Ende seiner Kollegen gleichgültig? Warum sprachen sie jetzt über ihn und nicht über die Toten und ihre bestialischen Verfolger? Hätten sie etwas ausrichten können?

Sie hatten richtig gehandelt, redete er sich ein. Es waren Dutzende gewesen. Und den Geräuschen und Rufen nach zu urteilen, lebten noch weitaus mehr in den lichtlosen Tiefen unter Calakmul.

Bakermans MP hätte mit Sicherheit einige der Angreifer getötet und andere auf Distanz halten können, aber für wie lange? Im Angesicht der Bedrohung des eigenen Lebens wichen die schwermütigen Gedanken und Schuldvorwürfe immer weiter in den Hintergrund.

Sein Begleiter war im Spalt verschwunden.

»Jesus?«

»Sehen Sie sich das an …«

»Kommen Sie zurück! Wir müssen auf Bakerman und Fuentes warten.«

»Sie müssen sich das ansehen!«, kam es gedämpft von der anderen Seite des Felsgesteins.

Steven warf einen Blick zurück in den Stollen, dann zwängte auch er sich durch den schmalen Zwischenraum.

Der Anblick verschlug ihm den Atem.

Wie heilige Reliquien schmückten die Skelette das weite Gewölbe, einer Schatzkammer aus fahlem Elfenbein gleich. Bleich und kahl streckten sich die menschlichen Gebeine über Wände, Decke und Boden. Arme und Wirbelsäulen, Beckenknochen, Brustkörbe und Kiefer, befreit von Fleisch und Blut und allem, was auf einst lebende Körper verwiesen hätte. An Ketten aufgefädelte Schädel zogen sich unter den Deckenbögen entlang, Knochengirlanden baumelten in einem sanften Windzug wie Lianen. In der Mitte der gewaltigen Nekropole stand ein majestätisch anmutender Altar, geformt aus hohläugigen Totenköpfen.

Jesus Marquez setzte langsam einen Fuß vor den anderen und näherte sich mit schreckensweiten Augen den dort aufgereihten Gegenständen. Steven hatte sie aus der Entfernung für altertümliche Helme oder Vogelkäfige gehalten, doch jetzt erkannte auch er, was es tatsächlich war.

»Für ihre … Köpfe«, stotterte er.

Jesus wandte sich schockiert zu ihm um. »So klein …. Kinderköpfe.«

»Schädelpressen«, hörten sie eine kraftlose Stimme hinter sich.

Yolanda Fuentes war hinter Bakerman durch den Spalt geklettert. Ein besorgniserregendes Rasseln mischte sich in jeden Atemzug der Archäologin. »In vielen Religionen war es üblich, die Kopfform der Kinder schon im Wachstum zu verändern. Um den verehrten Göttern ähnlicher zu werden.«

Alle vier Taschenlampen konzentrierten ihr Licht auf den Altar. Die Schädelpressen waren so konzipiert, dass das Kinn auf einen kleinen Steg abgelegt und der Stirnbereich zugleich von einer Schale umschlossen wurde. Schraubgewinde erlaubten es, den immensen Druck auf die Schädelknochenstruktur zu regulieren.

»Was denn für Götter?«, rief Jesus Marquez entgeistert. »Ich kenne keinen Gott der Maya, der annährend so aussah!«

»Gott der Maya? Nein, die verehren etwas anderes«, sagte Bakerman.

»Und was in aller Teufel Namen?«

Steven war blass geworden. »Die Grauen Engel.«

»Die Grau…?« Jesus setzte zu einer spitzen Bemerkung an, dann schluckte er die Worte hinunter und schüttelte fassungslos den Kopf. »Und das hier? All die Toten? Wer weiß, wie viele solcher Höhlen es noch gibt? Wer oder was zum Henker lebt hier unten?«

Bakerman nahm einen der Knochen in die Hand. »U than hahal ku: das Wort des wahren Gottes.«

»Das könnte bedeuten …« Für einige Sekunden fehlten Yolanda Fuentes die Worte. Ihr gesamtes Wissen schien durch die neueste Entdeckung bis in die Grundfesten erschüttert. Äußerlich hatte sie sich jedoch schnell wieder im Griff. »Im Verlauf des neunten und zehnten Jahrhunderts haben die Maya viele ihrer großen Städte aufgegeben und sind einfach verschwunden. Niemand wusste, wieso. Niemand wusste, wohin.« In ihren Augen spiegelten sich Beklemmung und Erregung wider. »Nun wissen wir es.«

»Die Maya? Diese Irren mit ihren Schädelpressen sind Nachfahren der Maya von vor über tausend Jahren?« Jesus Marquez lachte schrill auf. »Wie sollen die überlebt haben?«

»Die Kraft ihres wahren Gottes nährt sie, hält sie am Leben. Aber es ist ein Gott, der Opfer verlangt. Blutopfer.« Bakerman hob einen angefeilten Oberschenkelknochen vom Boden auf. »Denken Sie nur an Francis Dashell und die anderen drei. Man hätte sie einfach töten können, um das Geheimnis zu bewahren. Stattdessen wurden die Männer rituell geopfert. Man ließ sie ausbluten und schaffte anschießend ihren in einem Gefäß gesammelten Lebenssaft fort.«

»Ihren Lebenssaft? Sie reden ja fast, als bekämen Sie auch langsam Durst!«

»Reißen Sie sich endlich zusammen, Jesus!«, rief Fuentes aufgebracht, bevor sie in ruhigerem Ton und an alle gerichtet sagte: »Die Frage ist eher, was machen wir jetzt?«

Gabriel. Wo bist du?

Steven neigte den Kopf.

Gabriel …

Seine Nackenhaare richteten sich auf. Das Schlucken fiel ihm schwer.

»Wir müssen hier raus«, keuchte er. »Schnell!«

Bakerman hielt augenblicklich die MP im Anschlag. »Was ist los, Steven?«

»Haben Sie wieder so eine komische Ahnung?« Jesus Marquez lachte. Er machte den Eindruck, als würde er jeden Moment den Verstand verlieren.

»Ich kann sie spüren«, flüsterte Steven. »Ich kann es nicht beschreiben oder erklären, aber ich fühle ihre Nähe. Sie kommen.«

»Lasst sie doch kommen!«

»Marquez!«, fuhr ihn Bakerman zornig an. »Wir können nicht kämpfen. Wir sind zu wenige.«

»Lasst sie ruhig kommen!« Der Portugiese ließ den Rucksack von seinem Rücken gleiten und stellte ihn auf den Altar.

Bakerman beschloss, den Mann zu ignorieren. Das Gewölbe besaß noch zwei weitere Ausgänge. »Steven, was genau spüren Sie? Von wo kommen die Fremden?«

Gabriel ...

Er war wie erstarrt.

»Zurück zum Spalt!«, stieß Yolanda Fuentes verzweifelt aus.

»Nein!«

»Wohin dann, Steven?« Bakerman entsicherte die Waffe und blickte sich gehetzt um.

Mittlerweile war es deutlich zu hören. Nackte Fußsohlen auf dem harten Stein. Viele, sehr viele. Sie kamen näher. Rasch und zielstrebig.

»Tiefer«, sagte Steven instinktiv.

Yolanda Fuentes schnappte nach Luft.

Auch Bakerman war perplex. »Tiefer?«

»Ja!«

Die lähmende Apathie fiel von Steven Burns ab. Plötzlich wusste er, was zu tun war.

Seine Gabe, die ihn schon früher mit der Welt der Geister in Verbindung gesetzt hatte, wies ihm den Weg. Da war etwas, ein unerklärliches Band, das sein Schicksal und die sie alle umgebende Dunkelheit miteinander verknüpfte. Immer wieder hatte er im Laufe der Jahre die geisterhafte Präsenz derjenigen gefühlt, die Bakerman jagte. Träume, Stimmen, Visionen und Ängste, er konnte es sich nicht erklären, aber sie verfolgten ihn, und er war davongelaufen. Jetzt begann Steven zu lauschen, sich zu öffnen, und er nutzte seinen Fluch, seine Gabe, als ihre letzte Waffe und Möglichkeit zur Flucht.

Er warf sich vor dem Altar auf den knochenübersäten Boden und begann, die sorgsam positionierten Schädel und Gebeine beiseite zu schleudern. Zum Vorschein kam eine Steinplatte, in deren Mitte zehn runde Einkerbungen in gleichmäßigen Abständen einen Kreis bildeten.

»Was ist das?«, rief Jesus Marquez. »Eine Falltür ohne Griff? Perfekt!«

»Lassen Sie mich sehen!« Bakerman sank auf die Knie. Mit beiden Händen fuhr er wie hypnotisiert über die massive Steinplatte. Die verstörende Empfindung eines Déjà-vus drängte sich in sein Bewusstsein. So etwas Ähnliches hatte er schon einmal gesehen.

Die Kufra-Oasen. Libyen 1936.

Ein unter der Erde verborgener Zugang. Die Ruinen vergangener Tage. Die Zehn. Und Blut …

Schüsse hallten durch die Nekropole.

Jesus Marquez hatte sich Bakermans abgelegte MP gegriffen und feuerte die nächste Salve in Richtung des Durchgangs zu ihrer Linken. »Beeilen Sie sich!«

Ein grauer, nackter Männerkörper sackte im Spalt zum Stollen zusammen.

Ihre Verfolger hatten sie endgültig gefunden!

Bakerman packte Steven am Arm. »Die Löcher! Auf mein Kommando!«

Steven begriff.

»Eins – zwei – jetzt!«

Sie pressten ihre Finger gleichzeitig in die zehn Einkerbungen, und ein stechender Schmerz fuhr unter ihre Nägel. Doch kaum hatten die Blutstropfen den Stein benässt, sackte die Falltür knirschend in die bodenlose Schwärze, die sich unter ihnen auftat.

Schreie hallten durch das Gewölbe, als weitere Schüsse Fleisch und Knochen zerfetzten und sich über die herabhängenden Stalaktiten streuten. Erste Gesteinsbrocken lösten sich bereits vom Höhlendach.

»Los!«, schrie Jesus Marquez. »Bevor der Laden einstürzt!«

Steven sprang als Erster. Dann folgte Yolanda Fuentes.

Der Portugiese wirbelte herum und ließ die MP ihr tödliches Feuer spucken. Lange würde das Magazin nicht mehr halten.

Die Flut an Leibern war nicht aufzuhalten. Immer mehr drängten über die sich auftürmenden Berge an Leichen und uralten Knochen.

»Geben Sie mir die Waffe!«, rief Bakerman.

Jesus Marquez schenkte ihm ein entschuldigendes Lächeln zum Abschied. »Perdão …«

Der Tritt erwischte Bakerman vollkommen unvorbereitet. Hilflos mit den Händen rudernd, fiel er rückwärts in den Abgrund.

Das dumpfe Grollen der einstürzenden Höhlendecke wurde leiser und leiser, und die Schüsse erstarben.

11

Ting. Ting. Ting.

Es war immer derselbe Ton. Ting. Ting. Ting. Der Rhythmus hatte sich in ihn hineingefressen, sich festgesetzt und würde dort für immer verweilen …

Ting. Ting. Ting. Erbarmungslos hallte die Abfolge in seinem wehrlosen Bewusstsein wider.

Stunden waren verstrichen, vielleicht sogar Tage. Jahre. War er tot? War es das? Hatte er die Schwelle zum Jenseits überschritten? Ting. Ting. Ting.

Vielleicht war es der Puls der Welt, die er verließ, der immer und immer wieder durch die Finsternis brandete, die ihn umgab.

Sogar sein Atem hatte sich der monotonen Gleichförmigkeit der drei endlosen Takte unterworfen. Ting. Ting. Ting. Drei kurze Atemzüge, dann Pause. Ohne Hoffnung auf Erlösung …

Sein Atem …?

Zweifel regten sich, ließen ihn stutzen.

Er fühlte, wie sein Brustkorb sich anspannte, wie er sich hob und senkte und wieder anspannte und wieder hob …

Er atmete.

Er lebte.

Ting. Ting. Ting.

Da war ein Kribbeln in seinen Zehen.

Larry Newman begriff, dass er auf dem Rücken lag, unfähig, sich zu rühren, unfähig, seine Lippen zu bewegen oder die Augen aufzuschlagen. Aber er merkte, wie das Blut in seine Füße zurückströmte, und damit auch der Schmerz, das Verstehen.

Ich bin gefesselt, dachte er.

Die Gurte um Handgelenke und Knöchel waren so fest geschnürt gewesen, dass sie fast die Blutzirkulation unterbrochen hatten. Aber nun waren die Fesseln gelockert.

Ting. Ting. Ting.

Dieses Geräusch, oder zumindest ein ähnliches, Larry kannte es von irgendwoher.

Ting. Ti…

Plötzlich Stille.

Es hatte aufgehört.

Nur das Echo lebte in seinem Unterbewusstsein fort, immer und immer wieder, seine Fingerkuppen zuckten im Gleichtakt. Es war noch da, auch wenn er es nicht länger hören konnte.

Ein Schleier löste sich von seinen Augen. Licht.

Er blinzelte.

Alles war verschwommen. Jemand beugte sich über ihn. Er spürte einen kurzen Stich in der Armbeuge, dann wurde ein schwerer Gegenstand zur Seite gerollt.

»… ein paar Minuten wird er wieder ganz der Alte sein …«

Es war eine angenehme Stimme, warm und seltsam vertraut. Er dachte an Blumen und den Duft von Efeu. Er sah einen Buddha lachen und Tränen über das gemarterte Gesicht am Holzkreuz laufen.

»Das will ich für Sie hoffen.«

»Joyce …?«, hauchte er schwach.

Eine Hand legte sich auf seine. Eine zweite fasste ihn an der Schulter und übte einen sanften Druck aus. Sie half ihm, sich aufzurichten. »Ganz langsam, Larry.«

Allmählich gewannen Farben und Formen wieder

ihre erlösende Klarheit. Er lag auf einer Krankentrage. In einem engen, fensterlosen Zimmer, das aussah wie der Laderaum eines LKWs.

»Wo bin ich?«

Neben der Trage standen ein EKG-Gerät, das offenbar seine Herzfrequenz maß, und ein offener Metallkoffer mit eingeschweißten Spritzen. An zwei weiteren Apparaturen leuchteten die Displays nicht, anscheinend waren sie ausgeschaltet.

»Kommen Sie, ich bringe Sie nach draußen an die frische Luft.« Die Stimme von Joyce Kramer, sachlich wie immer.

Die Rückwand des Raums glitt nach unten. Also doch ein LKW.

Dahinter öffnete sich ein Kaleidoskop aus grünen Farben und dem kräftigen Geruch feuchter Erde.

»Er hat unser Blut analysiert, als wir bewusstlos waren. Und uns dann hierher gefahren«, erklärte sie ihm schuldbewusst.

Larry erinnerte sich. Er hatte auf Joyce gewartet, in der Kapelle. Dann plötzlich, von einer Sekunde auf die nächste, hatte es sich angefühlt, als würden seine Adern in Flammen stehen. Als versuchte ein inneres Feuer ihn zu verzehren. »Miguel?«, fragte er erschöpft.

Sie wich seinem Blick aus. Auch ihre Arme zierten Pflaster, die davon zeugten, dass kurz zuvor noch Kanülen in ihren Venen gesteckt hatten. Joyce wirkte sehr müde. Sie konnte noch nicht allzu lange wach sein.

Larry Newman spürte, dass der Verlust des Bewusstseins und der Kontrolle für Joyce noch unerträglicher gewesen sein musste als für ihn. Er konnte es sich nicht erklären, aber die Erkenntnis war eindeutig. Ihm wurde bewusst, wie wenig er von ihr wusste. Joyce hatte so gut wie nie etwas über ihr Privatleben erzählt, geschweige denn über ihre Vergangenheit.

»Sind Sie okay?«, keuchte er, als sie ihm vom Wagen half. »Hat das Schwein Ihnen was getan?«

»Nein, hat es nicht«, hörte er jemanden sagen. Pater Miguel stand an das Führerhaus des LKWs gelehnt und blätterte durch einen Stapel Computerausdrucke. Er hatte seine Soutane gegen ein weißes Leinenhemd und eine weite Stoffhose getauscht.

Nun sah er endgültig aus wie ein Surfer auf Landurlaub, dachte Larry.

»Außerdem verstehe ich Schwein als Kompliment. Es symbolisiert Fruchtbarkeit, Stärke und Schutz. Bei den Jali auf West-Neuguinea heißt es sogar, der ganze Kosmos – Himmel und Erde, Sonne und Mond – sei aus einem Urschwein entstanden.«

»Sie wissen genau, wie ich es gemeint habe«, stöhnte Larry Newman und ließ sich neben Joyce auf einem umgestürzten Baumstamm nieder.

Dichter Regenwald, so weit das Auge reichte. Ein schmaler Pfad, gerade breit genug für das Fahrzeug, verlief halb verwuchert in der Ferne. Keine Spur mehr von Chicanná und den sauber gepflegten Wegen rund um die Touristenbungalows.

»Ich musste sichergehen. Und Joyce hat sich als nicht sehr kooperativ gezeigt. Dabei ist das Leben ein ständiges Geben und Nehmen.« Miguel warf die Papiere auf den Beifahrersitz und verschränkte die Arme vor der Brust. »Ich darf Sie beide doch Larry und Joyce nennen, oder?«

»Was wollen Sie von uns?«

»Ich musste wissen, ob Sie infiziert sind.«

»Infiziert?« Larry verstand kein Wort. Seine Augenhöhlen fühlten sich an, als würden sie jeden Moment explodieren. »Womit infiziert?«

Miguel stieß mit dem Fuß gegen die zwei Figuren, die vor ihm auf der Erde lagen. Blut klebte an drei verschiedenen Stellen auf den Antlitzen der nachgebildeten Grauen Engel.

»Hat Legrand Ihnen so wenig erzählt, bevor er starb?«

»Legrand wurde ermordet«, erwiderte Joyce kalt. »Jemand hat ihm einen Blasrohrpfeil in den Hals gejagt und dann sein Haus niedergebrannt. Wir ... wir haben keine Ahnung, wer es war.«

»Ein Blasrohrpfeil? In Toronto?«

»Andere Länder, andere Sitten«, erwiderte Joyce.

Miguel musterte sie, dann tat er etwas, womit Larry und Joyce am allerwenigsten gerechnet hatten: Er brach in schallendes Gelächter aus.

»Was ist daran so lustig?«, wollte Joyce wissen.

»Ach, wir hätten uns einiges ersparen können, wenn Sie von Anfang an so umgänglich gewesen wären«, lachte der Priester. Dann wurde er schlagartig wieder ernst. »Rund um Chicanná und Calakmul passieren seit einigen Jahren schlimme Dinge. Menschen verschwinden. Dafür tauchen andere aus dem Nichts auf. In der Nacht. Sie sind fremdartig, böse.«

»Böse?«, wiederholte Larry ungläubig.

Aber der Priester schien die Bezeichnung für überaus passend zu halten. »Sie sehen nicht mehr aus wie Menschen. Sie haben sich verändert. Ihre Köpfe gleichen ...«, er zeigte auf die Statuen zu seinen Füßen, »in gewisser Weise diesen verformten Abnormitäten. Außerdem leiden sie unter Hämophilie.«

»Es sind Bluter?« Joyce' Schweigsamkeit wich dem plötzlich geweckten Interesse. Was wusste dieser Mann? Konnte er ihnen helfen? Wollte er es?

»Ja, ihre Blutgerinnung ist gestört. Hämophilie ist eine Erbkrankheit. Da dies auf alle Fremden zutrifft, denen wir bislang begegnet sind, vermuten wir eine inzestuöse Gemeinschaft.«

»Wie vielen dieser ominösen Fremden sind sie denn schon begegnet, Miguel?«

»Zu vielen. Aber niemand glaubt uns.« Sein Blick schweifte durch den Wald. »Es ist, als würde der Urwald sie verschlucken.«

Larry strich sich über das Pflaster in seiner Armbeuge. »Und was hat das alles mit uns zu tun?«

»Ich habe die Figur dort gefunden, wo einer der Fremden verschwunden war. Ich habe sie an mich genommen, aber sie fing an, eine furchtbare Macht auszuüben. Sie veränderte meinen Organismus, mein Blut. Ich suchte viele Ärzte auf, aber alle waren ratlos. Schließlich habe ich die Figur an Legrand geschickt, und er sandte mir Heilpräparate.«

»Die Pflanzen in seinem Garten«, murmelte Larry.

»Nachdem ich mich auf wundersame Weise erholt hatte, begann ich Nachforschungen anzustellen. Mein fahrbares Labor kennen Sie ja bereits.«

»Sie wollten also sichergehen, dass die Figuren nicht Macht über uns ergriffen und unser Blut verändert haben?!«, fasste Joyce zusammen.

»Die Statuen sind böse. Das wissen wir.«

»Sie sagen immer ›wir‹?!«

»Es mag Sie belustigen, aber es gibt nur noch eine weitere Person, die mir glaubt: meine Großmutter. In ihren Adern fließt altes Maya-Blut. Als wir erfuhren, dass in Calakmul eine zweite Figur gefunden worden war, hat sie beschlossen, dorthin zu gehen, um mehr zu erfahren.«

»Sie haben Ihre Großmutter vorgeschickt?«

Miguel lächelte. »Andere Länder, andere Sitten.«

»Zwei Freunde von uns sind ebenfalls in Calakmul«, sagte Joyce. »Laut Legrand befinden sie sich in großer Gefahr. Wir konnten sie nicht warnen. Der Funk ist gestört.«

»Ich weiß.«

»Wie bitte?« Larry hatte das Gefühl, noch immer nicht ganz wach zu sein. »Sie wissen das?«

»Einer von Ihren Freunden heißt Steven, nicht wahr?« Miguel deutete das fassungslose Schweigen der beiden als ein Ja. »Meine Großmutter hat sich mit ihm unterhalten. Vergangene Nacht. Sie wusste, dass Fuentes nach Verstärkung geschickt hatte, und wollte herausfinden, was da vor sich ging. Offenbar wollte Fuentes heute in aller Frühe in die Ruinen und nach den Verschollenen suchen. Ihre Freunde haben sich mit ihr in eine unterirdische Kammer abgeseilt. Aber sie sind ebenfalls verschwunden. Alle.«

Larry Newman und Joyce Kramer brauchten einige Augenblicke, um sich zu sammeln.

»Sie fragen sich, woher ich das alles weiß?! Haben Sie meiner Predigt nicht zugehört? Alles Leben gehört zusammen. Wir alle sind eins. Aber die wenigsten Menschen wissen noch, wie man diese Verbindung herstellt.«

Joyce kniff die Augen zusammen. »Sie sprechen von ... Zauberei?«

»Nennen Sie es, wie Sie wollen! Ich habe die Gedanken meiner Großmutter empfangen. Ich weiß, dass Ihre Begleiter und Fuentes von der Tiefe verschluckt worden sind. An ebenjener Stelle, wo die zweite Statue gefunden wurde.«

Larry war aufgesprungen. »Was quatschen wir dann noch hier im Dschungel herum? Wir müssen sofort nach Calakmul!«

»Sie würden zu spät kommen«, sagte Miguel traurig.

»Haben Sie einen besseren Vorschlag? Sollen wir hier rumsitzen und Däumchen drehen oder uns von Ihnen im Truck die schöne Umgebung zeigen lassen?!«

»Nicht im Truck, Larry.« Der Priester zog einen vollgepackten Rucksack aus dem Fahrerhaus. »Sondern zu Fuß.«

Larry stieß einen verächtlichen Seufzer aus. »Der Kerl ist voll auf Drogen oder so.«

»Ich bringe Sie dorthin, wo ich meine Statue gefunden habe. Es ist nicht weit.« Er machte einige Schritte in den Wald, dann drehte er sich noch einmal um. »Ihre Sachen liegen im Wagen, falls Sie was davon brauchen.«

»Und was soll uns Ihre tolle Fundstelle bringen?«, rief Larry ihm hinterher.

»Kommen Sie, vielleicht hat er ja recht«, sagte Joyce und eilte zum LKW.

»Recht, womit denn recht?«

»Dass alles miteinander verbunden ist.«

Eine Stunde verging, bis Miguel endlich die Hand hob und sie ihr Ziel erreicht hatten. Niemand von ihnen hatte auf dem Weg durch den Regenwald ein weiteres Wort verloren. Sie waren gedankenverloren einem unsichtbaren Pfad gefolgt, der sie immer weiter in die Grenzenlosigkeit der Wildnis geführt hatte. Larry und Joyce war bewusst, dass sie ohne die Hilfe des eigentümlichen Predigers niemals zurückfinden würden.

Sie erklommen eine Anhöhe, auf der dornige Büsche mit leuchtend gelben Beeren wuchsen. Kurz bevor sie die Spitze des Hügels erreichten, stoppte Miguel abrupt ab.

»Was ist?«, flüsterte Joyce alarmiert, denn ihr war die plötzliche Anspannung nicht entgangen.

Larry tippte ihr auf den Arm. »Da.«

Ein verwitterter Grenzstein ragte unter den Dornen hervor. Saftig-grünes Moos wucherte an ihm entlang und zeichnete die Form einer Schlange mit leeren Augenhöhlen nach. Der Rest des Steines war zwar vom

Zahn der Zeit gezeichnet, doch von Moos und Pflanzen gänzlich unberührt geblieben.

Miguel legte den Zeigefinger an seine Lippen. »Hören Sie?«

Ein Rascheln und Zischen durchlief das Unterholz. Hinter den Büschen schien der Untergrund lebendig, schien sich zu bewegen und von unnatürlichem Wispern beseelt zu sein.

»Schlangen«, ächzte Larry Newman. »Ich hasse Schlangen.«

Miguel kniete sich vor den Grenzstein und flüsterte unverständliche Worte. Weder Joyce noch Larry wagten es, den Mann bei seinem Ritual zu stören. Als er sich schließlich erhob, liefen dem Priester zum ersten Mal seit ihrem Aufbruch Schweißperlen über die erhitzten Wangen. »Wir müssen Acht geben. Wir befinden uns im Königreich des Schlangengottes.«

»Ist das gut oder schlecht?«, erkundigte sich Larry mit einem unangenehmen Ziehen in der Magengegend. Sein Organismus hatte die Vergiftung noch nicht gänzlich verkraftet.

»Es ist, wie es ist«, antwortete Miguel kryptisch. »Die sich häutende Schlange ist ein Symbol der Wiedergeburt und des ewigen Kreislaufs.«

Er brach einen schweren Ast vom nächsten Baum und schlug mehrfach auf die Sträucher vor ihnen ein. Fauchend fielen mehrere längliche Körper zur Erde. »Schlangen nehmen die Welt anders wahr. Ihre Sinnesorgane sind nicht wie unsere vorwiegend auf optische Reize programmiert, sondern auf Wärme. Daher sind sie am Tage meist träge.«

»Wie beruhigend«, kommentierte Larry sarkastisch und beobachtete unruhig die davonhuschenden Reptilien. »Warum lassen wir sie dann nicht einfach schlafen?«

»Ich wollte Ihnen nur erklären, was es bedeutet, wenn eine Schlange ihr Maul aufreißt: die Wärmesensoren befinden sich nämlich in Einbuchtungen im Oberkiefer.«

»Mich interessiert nur eins: Sind die Viecher giftig?«

Miguel brach einen zweiten Ast ab und reichte ihn Larry. »Genügt Ihnen diese Antwort?«

Sie schlugen eine Bresche in das dichte Gestrüpp und kämpften sich mühsam voran. Als die Hügelkuppe endlich überwunden war, senkte sich der Wald in einen engen Talkessel ab, in dem sich eine spiegelglatte Wasseroberfläche erstreckte.

»Ein See?« Joyce hielt erstaunt inne und verscheuchte einen Schwarm Moskitos.

»Einer der heiligen *cenotes*«, verkündete Miguel feierlich. »Er reicht hinab in unterirdische Quellen und Wasserläufe. An solchen Seen fanden früher wichtige Zeremonien statt, um die Götter gnädig zu stimmen.«

»Davon haben wir gehört«, grummelte Larry. »Da unten müssen eine Menge Skelette liegen, hm?!«

»Die Kultur der Maya bestand nicht nur aus Menschenopfern!«, wies ihn der Priester zurecht.

»Opfer hin, Opfer her. Was macht das für einen Unterschied? Alles ist verbunden, nicht wahr?«

»Genug!« Joyce öffnete ihre Tasche. Die Oberfläche der Maya-Figur schimmerte unruhig im Sonnenlicht. »Also? Wo haben Sie das Ding gefunden?«

»Am Ufer, gleich da vorne.«

Während sie weiter hinabstiegen, wurde zusehends deutlicher, dass sich unterhalb der glasklaren Seeoberfläche Schemen bewegten. Einige kaum länger als ein Unterarm, andere so groß wie ausgewachsene Muränen. Als sie das Ufer erreicht hatten, wichen die Umrisse der Schlangen vor ihnen zurück, als würden sie die plötzliche Anwesenheit der Menschen scheuen.

Miguel warf seinen Rucksack zu Boden. Mundstücke

für Taucherausrüstungen und drei kleine Luftdruckflaschen kamen zum Vorschein.

»Da bringen mich keine zehn...tausend Pferde rein«, stammelte Larry Newman, aber niemand schenkte ihm Beachtung.

Joyce hatte bereits die zwei Statuen ausgepackt und auf den felsigen Boden gelegt. Keiner bemerkte, wie sich mit dem Offenbaren der Figuren die Schatten im Wasser fluchtartig noch weiter entfernten.

»Diese *cenotes* sind also miteinander durch unterirdische Schächte verknüpft, Miguel?«

»Viele, ja. Ob sie bis nach Calakmul reichen, weiß ich nicht zu sagen.«

»Aber es wäre möglich.« Wie gebannt starrte Joyce auf die verformten Häupter, die geschwungenen Flügelpartien und die rot schimmernden Kristallschlitze der Augen.

»Bakerman sucht nach ihrem Ursprung und ist in der Erde unterhalb der Ruinen verschwunden, wie Sie sagten ... Wir suchen ebenfalls danach und ...« Sie blickte auf das Wasser.

»Denken Sie nicht mal daran«, keuchte Larry.

»Legrand hat die Statue als Schlüssel bezeichnet. Er sagte, Blut allein führt zum Ziel ... Geben Sie mir Ihr Messer, Miguel!«

Der Priester runzelte die Stirn. »Welches Messer?«

»Glauben Sie, mir ist die Wölbung unter ihrem Hemd entgangen?«

»Wie Sie wollen. Hier.«

»Danke.« Joyce Kramer setzte die Klinge ohne weiteres Nachdenken an ihre geöffnete Handfläche und zog sie in einem kräftigen Schwung nach unten. Blut sprudelte aus der Wunde und tropfte in schnellen Schüben auf den hellen Fels.

Sie griff nach einer der Figuren, und kaum hatten sich

ihre Finger um die Keramikskulptur geschlossen, erhob sich ein sonores Summen wie abends zuvor im Arbeitszimmer von Jean-Paul Legrand, nur stärker, lauter und bedrohlicher.

»Er bewegt sich«, japste Larry. »Das ist Wahnsinn!«

Tatsächlich ließ der Blutschwall die Figur in Joyce Kramers Griff sichtbar vibrieren.

Von der unnatürlich entfesselten Kraft gleichzeitig fasziniert und angewidert, fühlte Joyce, wie die heftigen Schwingungen sie in Richtung des Sees zogen.

»Lassen Sie das verfluchte Ding los«, schrie Larry, dem nicht entgangen war, wie dicht sie bereits am Ufer standen.

»... kann nicht ...« Ihre Augen weiteten sich voller Entsetzen.

Dann riss es sie fort.

Das Wasser schlug über ihr zusammen und presste ihr alle Luft aus den Lungen. Als wäre ihre Hand mit einem bleischweren Anker verschmolzen, versank Joyce Kramer in der Tiefe des *cenotes*, auf dessen einsamem Grund irgendwo in der Finsternis unter ihr die Knochen der einst Ertränkten warteten.

12

Der Schacht fiel immer steiler ab. Vergebens suchte Steven nach Halt, immer wieder griffen seine Hände ins Leere. Das Gestein bot weder Vorsprünge noch Kanten. Wie durch eine aalglatte Röhrenrutsche auf dem Jahrmarkt raste er abwärts durch die Schwärze.

Dies war kein Fluchttunnel, schoss es ihm durch den Kopf.

Es war ein Abfluss.

Dann sah er das Licht näher kommen. Ein fahlgrünes Leuchten tief unter ihm.

Er stürzte durch eine Öffnung in der Decke, befand sich für Sekundenbruchteile im freien Fall, hörte den panischen Schrei von Yolanda Fuentes irgendwo über sich und schlug in das Becken. Eine Woge warmer Flüssigkeit brach über ihm zusammen, erstickte seine Sicht, verbrannte sein Gehör, tilgte jegliche Wahrnehmung.

Ein unbändiger Drang zu schreien ergriff von ihm Besitz. Der Wunsch, die Augen aufzureißen.

Der Zwang, Atem zu holen …

Seine Füße berührten festen Boden. Er stieß sich mit aller Kraft ab und kehrte prustend zurück an die Oberfläche. Seine Hände fanden Widerstand, instinktiv packte er zu, und ohne zu wissen, wie es dazu gekommen war, lag Steven Burns wenig später mit dem Rücken auf steinigem Untergrund.

Seine Taschenlampe war weg, aber er brauchte kein elektrisches Licht, denn die Höhle an sich war unnatürlich hell. Der Fels erglühte förmlich im Schimmer eines gewaltigen Steinportals, das von innen heraus leuchtete. Flackernde Schatten umspielten das gigantische Schlangenmaul, die Augen des nachgebildeten Reptils waren zwei grünlich funkelnde Edelsteine in der Form von Monden.

Das Dach des Gewölbes wurde von zehn rechteckigen Säulen getragen, deren Reliefs an die Abbildungen auf den Stelen an der Oberfläche Calakmuls erinnerten.

Der bittere Geschmack auf seinen Lippen ließ ihn zusammenzucken. »Blut …«

»Was meinen Sie?«

Nur widerwillig löste sich Steven Burns vom hypnotischen Anblick des riesenhaften Schlangekopfes.

Bakerman und Yolanda Fuentes hatten sich wie er aus dem quadratischen Becken gezogen, in das sie gefallen waren. Auch an ihnen klebte die warme, zähflüssige Masse wie Sirup.

»Das Becken! Es ist voller Blut!« Steven starrte an sich hinab. »Wir alle sind voller Blut!«

Und noch mehr ließ ihn schaudern.

Wie stumme Wächter waren in gleichmäßigem Abstand kleine Figuren am Beckenrand aufgestellt. Im unsteten Flackern schienen ihre steinernen Flügel sich zu bewegen. Aus den rubinroten Augenschlitzen rannen blutende Tränen und ergossen sich lautlos ins Becken.

Ein kraftloses Stöhnen ließ ihn und Bakerman zur Besinnung kommen. Yolanda Fuentes kauerte auf dem Steinboden und krümmte sich vor Schmerzen. Auch sie war blutüberströmt. Es war unverkennbar, dass es sich zum Teil um ihr eigenes handelte. Die Mexikanerin hatte sich beim Sturz einen tiefen Schnitt am Hals zugezogen. Ungehemmt pulsierte Blut aus der klaffenden Wunde.

»Yolanda!« Bakerman riss sich einen Ärmel vom Hemd und versuchte, eine notdürftige Bandage anzulegen.

Nur mit Mühe gelang es ihr, die Augen offen zu halten. Ihre Gelenke begannen unregelmäßig zu zucken. »Zeremoni…igtum …«

»Nicht sprechen«, mahnte Bakerman.

»… Heilig…tum …« Es war kaum mehr als ein Hauch. »Ihr Heiligtum …«

Steven Burns verstand.

Sie hatten das Herz der unterirdischen Maya-Feste erreicht. Den tiefsten und heiligsten aller Orte unterhalb der Ruinen von Calakmul. Sofern sie sich überhaupt noch in der Nähe der Stadt befanden, dachte er, denn es mussten mehrere Meilen gewesen sein, die sie inzwischen zurückgelegt hatten.

Hier also lebten die letzten Nachfahren der verschollenen Maya – aller Menschlichkeit beraubt, verunstaltet und durch furchtbare Kräfte am Leben gehalten. In unterwürfiger Verehrung ihrer Schlangengottheit und der Grauen Engel, deren Statuen einen grausamen Blutzoll forderten.

»Sie müssen sich davon ernähren«, stammelte er fassungslos.

Bakerman hörte ihm nicht zu. Er beugte sich über Yolanda Fuentes und sprach leise zu ihr.

Steven indes taumelte benommen von der Erkenntnis durch die säulendurchsetzte Höhle. »Wie Egel, Parasiten, Milben, Moskitos, Würmer. Durch das Blut finden sie ihre Verbindung. Nur so können sie …« Sein Blick fiel auf das mächtige Steinportal. Für einen Moment glaubte er, im Hohlraum des geöffneten Mauls eine Bewegung ausgemacht zu haben. »… nur so erhält dieser Ort seine Macht.«

Nur welcher Art war diese fremdartige Macht?

Er schüttelte die Verwirrung von sich ab und eilte zurück. »Wie geht es ihr?«

Bakerman wirkte wie benebelt. »Sie hat ihr Bewusstsein verloren. Der Blutverlust ist zu stark. Ich …« Er hielt inne.

Auch Steven sah die plötzliche Veränderung. Die provisorisch angelegte Kompresse wurde immer unbefleckter. Die dunkelroten Verfärbungen, die durch das Aufsaugen von Yolanda Fuentes Blut entstanden waren, bildeten sich zurück.

»Was in aller …« Bakerman löste den Verband mit zitternden Händen. Die Wunde hatte sich geschlossen.

Mit jeder Sekunde kehrte die Farbe ins Gesicht der Frau zurück.

Yolanda Fuentes schlug die Augen auf. Ihr Blick war klar und energisch. »Ich fühle mich … gut«, sagte sie stockend, aber mit erstaunlich fester Stimme.

Steven Burns konnte seine Erleichterung nicht verbergen. Gleichzeitig wusste er, dass die Archäologin nicht auf natürliche Weise geheilt worden war. Das Blut aus dem Opferbecken hatte sich mit ihrem Kreislauf verbunden, war Teil ihres Körpers geworden, pumpte in diesem Augenblick durch ihr Herz und ihre Venen.

Sie richtete sich auf. Verunsichert tastete sie über ihre Brust und holte mehrmals tief Luft. »Ich … ich hatte fast vergessen, wie das ist … keine Schmerzen zu haben.«

Bakermans Miene war finster geworden. »Sie wissen, was das bedeuten könnte?« Offenbar hatte er die unverhoffte Rettung bereits verarbeitet und neue Schlussfolgerungen gezogen.

Weder Steven noch die Archäologin wussten etwas zu erwidern.

»Das Blut wirkt scheinbar als Heilmittel, vielleicht auch als Nahrung. Es ist wie ein regenerierender Stabilisator«, resümierte Bakerman. »Es müssen Opfer gebracht werden, um das Leben zu erhalten.«

»Zu erhalten?« Steven dachte an die Schädelpressen, an die Knochenhalle, an die fremdartigen Kreaturen, die in diesen Höhlen hausten und jagten.

»Wir haben geglaubt, dass wir es mit den Nachkommen der Maya zu tun haben«, sagte Bakerman kopfnickend. »Aber nach dem, was wir eben beobachten konnten, drängt sich mir ein anderer Verdacht auf.«

Sein Blick glitt vom Becken weiter zu den Säulen, hinter denen das Ende des Gewölbes in grauen Schatten versank, und dann hin zum Schlangenkopf, von dem das fremdartige Leuchten ausging. »Es sind die Maya selbst. Diejenigen, die vor über tausend Jahren spurlos verschwanden.«

»Wie bitte?« Yolanda Fuentes fasste sich unwillkürlich an den Hals. Von der tödlichen Verwundung war nur noch eine leicht gerötete Hautstelle geblieben. »So ein Unsinn!«

»Dies ...« Bakerman deutete auf die Höhle, das Becken und ihren Hals. »All dies dient der unnatürlichen Bewahrung ihres Lebens. Sie töten, sie opfern, sie überleben.«

»Und sie verehren«, fügte Steven hinzu.

Bakerman nickte. »Ein endloser Kreislauf. Eine Abhängigkeit bis ans Ende aller Tage. Und die Macht, die ihre Gottheit über sie besitzt, wächst mit jedem Opfer.«

»Aber allein in Calakmul lebten damals an die fünfzigtausend Menschen«, flüsterte Fuentes schockiert. Noch immer liefen feine Ströme von Blut aus den Engelsfiguren.

»Die Alten wurden zuerst geopfert, die Kinder hingegen am Leben gehalten. Mit dem Ende ihres Wachstums stagnierte auch der Alterungsprozess«, erwiderte Bakerman eisig.

Steven konnte es nicht fassen. »Wie kommen Sie darauf?«

»Die Schädelpressen waren für Kinder konzipiert, und alle Maya, denen wir hier unten begegnet sind, hatten missgeformte Schädel.«

Bakerman stimmte Yolanda Fuentes zu. »So, wie sie sich äußerlich ihren Götzen nachbildeten, haben sie sich bestimmt auch ihrer Umwelt angepasst«, grübelte er laut nach. »Ihre Wahrnehmungssinne werden sich verändert haben. Vermutlich reagieren sie weniger auf optische Reize als vielmehr auf Gerüche und Gehör.«

»Der Mann im Dschungel«, sagte Steven. »Er war einer von ihnen.«

Yolanda Fuentes wandte sich ihm zu. »Die Stelle war einige Meilen von Calakmul entfernt. Das könnte bedeuten, dass es noch mehr Zugänge gibt.«

»Die Frage ist, wie wir sie finden. Wer weiß, wie weit verzweigt dieses Labyrinth ist. Ganz Yucatán ist unterhöhlt.«

Bakerman klopfte mit der Faust gegen den massiven Fels. »Wir haben keine Ausrüstung mehr, keinen Kompass, keine Waffe.«

»Jesus?«, flüsterte Fuentes und schaute hinauf zur winzigen Öffnung in der Höhlendecke. »Ist er …?« Sie wischte sich die Tränen aus den Augen.

»Es ist ihr Heiligtum«, sagte Steven Burns nach einer Weile.

»Was meinen Sie?«

»Ihr Heiligtum! Das waren Ihre Worte, Doktor, als sie aus dem Becken kamen und wir dachten, sie würden ster…«

»Sagen Sie es nur, Steven. Sie dachten, ich würde sterben. Es gibt keinen Grund, damit hinter dem Berg zu halten. Ich beschäftige mich schon seit langer Zeit mit dem Tod.« Sie lächelte müde. »Aber ich erinnere mich.

Es war wie ein Funken in der Nacht, wie ein einzelner, strahlend heller Stern in der sonst absoluten Finsternis. Das Heiligtum ... Ihr Heiligtum!«

»Durch den Austausch des Blutes muss kurzzeitig eine Verbindung hergestellt worden sein. Ein Verständnis für das, was hier vor sich geht.« Bakerman berührte mit den Fingerkuppen den Stein des gewaltigen Schlangenportals. Es war kein Durchgang, eher eine winzige, leere Kammer, die sich hinter den Nachbildungen der meterlangen Giftzähne auftat. »Kaan, das Königreich der Schlange. Möglicherweise müssen wir uns diese Unterwelt wie einen lebendigen Organismus vorstellen, mit diesem Heiligtum als Herz und den Stollen und Wasserläufen als ein alles miteinander verbindendes Adergeflecht.«

»Und wenn wir das Herz zerstören, dann ...« Steven begriff.

»Zerstören? Womit denn?« Fuentes schüttelte den Kopf. »Wollen Sie mit den Füßen dagegentreten? Wir müssen hier raus, das ist alles, was zählt!«

Steven schnellte herum. »Zu spät ...«

Mit halboffenem Mund starrte er in das Zwielicht am Ende der Höhle, dorthin, wo sich die Umrisse der letzten zwei Säulen im schattenhaften Grau verloren.

Dumpf hallten die Schritte durch die Katakombe, begleitet von einem rhythmischen, aber undeutlichen Gesang, wie der einer religiösen Prozession.

Bevor Steven oder Fuentes reagieren konnten, hatte Bakerman sie an den Armen gepackt und durch das Schlangenmaul in den engen Hohlraum dahinter gezogen.

»Sind Sie irre?«, fauchte Steven Burns. »Hier sitzen wir wie auf dem Präsentierteller!«

»Es ist das einzige Versteck, das wir haben! Oder gibt es weitere verborgene Fluchtwege, die Sie uns bisher verschwiegen haben, Steven?«

»Ich … nein, ich glaube nicht.«

»Dann still jetzt!«

Der Stein des Portals selbst fühlte sich kühl an, wie geschliffener Marmor, und dennoch war es von einer Hitze erfüllt, die ihnen den salzigen Schweiß in die Augen trieb.

Trotz allem mussten sie sich dicht an die Wände pressen, um von den Anrückenden nicht bemerkt zu werden.

Allmählich füllte sich das Gewölbe. Zuerst waren es nur ein paar Vereinzelte, dann wurden es immer mehr. Dutzende, Hunderte. Nackte Männer und Frauen, die mit entrückten Blicken in ihren eintönigen Gesang versunken waren.

»Mein Gott«, keuchte Fuentes. »Es sind so viele …«

Ein Meer aus blassen, abgemagerten und verunstalteten Körpern. Weder Ältere noch Kinder waren zu sehen. Die letzten hinterbliebenen Maya waren diejenigen, denen vor Hunderten von Jahren Schädelpressen angelegt worden waren. Sie hatten diese Höhlen als ihre Heimat erlebt, sie waren hier aufgewachsen, und dienten den Grauen Engeln nun mit Blutzoll.

»Bleiben Sie ganz ruhig, Steven.« Bakerman legte ihm die Hand auf die Schulter.

»Aber ich bin doch …« Nein, er war nicht ruhig. Sein Puls raste, sein Atem ging viel zu schnell.

Etwas stimmte nicht …

Der Gesang war schlagartig verstummt. Kein Laut drang mehr durch den Pulk aus dürren Leibern, die ihnen den Rücken zuwandten und sich um das mit Blut gefüllte Becken versammelt hatten – ein Kokon aus Leibern.

»Steven?« Der Druck von Bakermans Hand verstärkte sich. »Steven, hören Sie mich?«

... Steven ...

Es zog ihn hinweg.

Ein feuriger Sog, der seinen Verstand ergriff und in Rauch und Asche verwandelte. Seine Empfindungen lösten sich auf, verloren an Substanz und Bedeutung. Nichts blieb von ihm zurück, nur der endlich befreite Staub in sich zusammengestürzter Kerkermauern. Er erhob sich zu einem Wirbel und stob davon. Ein heulender Orkanwind, der Erdreich, Stein und Glut durchdrang ...

Sie riefen nach ihm.

Das brausende Toben ihrer Flügel.

Die Manifestation ihres unstillbaren Verlangens.

Er war ihren Gebietern sehr nahe gekommen, in den Tiefen Calakmuls. Im Heiligtum. Im Herzen der Ergebenheit und bedingungsloser Huldigung. Zu nahe ...

... Steven ...

Sie hatten ein Portal erschaffen.

Das Tor zu einer anderen Welt. Die Maya hielten es aufrecht allein durch die Kraft ihres Glaubens, ihrer Unterwürfigkeit, ihrer Ehrerbietung.

Doch sie waren die Vergangenheit ...

Was geschah mit der Zukunft?

Die Dunkelheit war stark geworden an diesem Ort, doch es war keiner der Zehn.

... Gabriel ...

Zehn fahle Orte, die dem Bösen anheimfallen werden.

Es war noch nicht vorbei! Im Gegenteil: Es hatte erst begonnen.

»O mein Gott, was geschieht hier?«

Der Schrecken in Yolanda Fuentes' Stimme riss ihn zurück in seinen Körper. Er brauchte einen Moment, um sich zu orientieren.

Da war ein planschendes Geräusch gewesen. So als wäre ein triefend nasser Schwamm aus großer Höhe auf den Boden geklatscht.

Erneut löste sich etwas aus den fahlgrün schimmernden Mondaugen des Schlangenkopfes und fiel herunter. Mit dem zylindrischen Rumpf und den länglichen Nesselfühlern erinnerte die Kreatur an eine pervertierte Seeanemone. Ein erregtes, gieriges Zischen ging von ihr aus, als sich die Fühler durstig in Richtung des Blutbeckens streckten.

»Die Maya bilden eine Gasse«, flüsterte Bakerman atemlos.

Ein weiteres schmatzendes Aufschlagen, dann wieder eins und wieder. Wie aus dem Nichts war der Weg zum Blutbecken innerhalb kürzester Zeit bedeckt mit den kriechenden Anemonenwesen, die ungelenk wie gestrandete Tintenfische auf ihre Beute zusteuerten.

»Das gefällt mir gar nicht«, murmelte Bakerman.

Im nächsten Augenblick setzte der Gesang erneut ein, lauter und fanatischer als zuvor. Das Heiligtum erzitterte unter dem brachialen Widerhall vom Dach des Gewölbes.

Und doch legte sich ein einzelner, gequälter Frauenschrei schrill über den Choral.

»Serena«, entfuhr es Fuentes. »Das war Serena! Sie lebt noch!«

Der gellende Schrei steigerte sich in unmenschliche Höhen, beseelt von Furcht und Qual, die alle Vorstellungskraft übertraf.

»Wir müssen ihr helfen!«, kreischte Yolanda Fuentes, nicht länger imstande, sich der aufkeimenden Hysterie zu erwehren. »Wir müssen!«

»Es sind zu viele!« Bakerman packte sie, und gemeinsam stolperten beide aus der trügerischen Sicherheit ihres Verstecks. »Jetzt oder nie!«

Und sie rannten.

Im Schutze der Säulen hetzten sie an der Höhlenwand entlang in Richtung des unbekannten Ausgangs.

Die Singenden wandten ihnen die Rücken zu, vertieft in ihren Gesang, entzückt von den letzten Todesrufen Serena Parkers, die unter den Berührungen der durstigen Anemonenwesen in der Mitte des Beckens versank.

»U than hahal ku«, hallte es zu ihnen durch, als Steven, Bakerman und Fuentes das Tor am Ende der Kaverne erreichten. Ein lichtloser Stollen öffnete sich vor ihnen in der Felswand.

Sie drehten sich nicht um, sondern liefen und liefen, immer weiter, ohne jedoch das Gefühl der Schuld und den Kummer abschütteln zu können. Die grenzenlose Pein wollte nicht abklingen, und der Schrei begleitete sie noch, nachdem der Gang bereits mehrfach abgezweigt war und die Dunkelheit vollkommen.

13

Die Grotte war durchwachsen von Stalagmiten und Stalaktiten aus reinstem Selenit. Die milchig-transparenten Riesenkristalle sandten einen sanft fluoreszierenden Schimmer über das Wasser des unterirdischen Sees. Die Kristalle waren erstarrte Zeugen einer fern zurückliegenden Vergangenheit, geboren aus der Urkraft längst verschwundener Magmakammern unter der Erdoberfläche. Aus einer Kluft im Fels sprudelte dampfend heißes Wasser.

Joyce fühlte sich an ihre Heimat erinnert, an Alaska. Die Flora und Fauna des Katmai-Nationalparks gaben noch heute Zeugnis des 1912 ausgebrochenen Vulkans und seiner Ascheablagerungen. Sie kannte das Phänomen heißer Quellen und ausgehöhlter Erdschichten aufgrund von dauerhafter Erosion.

Die im Katmai-Tal ansässigen Indianer vom Stamme der Tlingit glaubten, dass allem eine Seele innewohne, sei es Mensch, Tier, Pflanze oder ein gewöhnlicher Alltagsgegenstand. Leben und Tod waren nicht voneinander trennbar, sondern bildeten einen Kreis. Jede Geburt stellte für die Tlingit die Wiedergeburt eines Gestorbenen dar, einen Neuanfang.

Yucatán und Alaska, zwei so verschiedene Kulturkreise, und doch: Wie klein die Welt doch war. Joyce dachte an Pater Miguel, und wie gut er sich wohl mit ihrer Mutter verstanden hätte …

Ihr Blick fiel auf die am Stein zerschellte Figur des

Grauen Engels und dann auf ihre verwundete Handfläche.

Die Skulptur hatte sie weiter und weiter in den See hinuntergezogen, bis der Druck in ihren Lungen unerträglich geworden war.

Ich werde ertrinken ... Diese Erkenntnis hatte sie mit Verzweiflung und zugleich mit einer bis dahin ungekannten Ruhe erfüllt.

Aber sie war nicht ertrunken ...

Durch einen Spalt im Boden war sie fortgerissen und entlang eines unterirdischen Seitenarmes des *cenotes* schließlich an diesem Ort zurück an die mit Luft gefüllte Oberfläche gelangt.

Das Nächste, woran Joyce Kramer sich erinnerte, war das Klirren der zerspringenden Steinfigur, als sie sich mit letzter Kraft gegen die Höhlenwand geworfen hatte. Der furchtbare Sog hatte augenblicklich nachgelassen. Er hatte aufgehört zu existieren.

Jetzt kniete sie vor dem dunklen Tunnel am Rand der Grotte und entfernte fluchend die letzten der spitzen Splitter aus ihrer Hand.

Legrand hatte unrecht gehabt. Die Statuen waren keine Schlüssel für ein Portal. Nein, sie waren Köder. Mit einem unheimlichen Eigenleben.

Trug man sie einfach bei sich, zehrten sie an der Lebenskraft des jeweiligen Besitzers. Spendete man ihnen Blut, so gaben sie sich zufrieden, für geraume Zeit ... Sie hatte den Wahnsinn hinter Legrands Augen gesehen. Der Mann war von Paranoia und Ängsten zerfressen worden.

Und brachte man die Figuren in die Nähe des Ortes, an dem sie erschaffen und für ahnungslose Finder zurückgelassen worden waren, und benetzte sie dort mit Blut, dann ...

Ein Frösteln lief ihr über den noch feuchten Nacken.

… dann entführten sie ihre Opfer hinab in ein Reich aus Schatten und Geheimnissen, wo dunkle Gänge zur letzten Antwort führten. Zu den Gesandten der Zwei Horizonte und zu denen, die ihnen treu ergeben waren.

Das plötzliche Aufschäumen der Wasseroberfläche ließ Joyce aufspringen. Dann stahl sich ein zufriedenes Lächeln in ihr Gesicht.

»Habe mich schon gefragt, wann Sie endlich auftauchen würden. Im wahrsten Sinne des Wortes«, begrüßte sie Miguel und Larry, die ungelenk ans Ufer staksten.

Larry Newman stand in Shorts und mit freiem Oberkörper vor ihr. Wütend spuckte er das Mundstück der Druckluftflasche aus. »Sie sind ja ganz schön locker drauf«, schimpfte er. »Ich dachte, das war's, und Sie grinsen sich hier einen!«

»Sie wussten, dass wir Sie finden?«, wunderte sich Miguel, legte seine Taucherflasche ab und strich mit beiden Händen seine nassen Haare aus dem Gesicht.

»Früher oder später …«

Miguel lachte. »Und wie geht es von hier weiter? Ihre Statue ist zerstört, wie ich sehe. Und noch mal würde ich den Trick mit dem Blut nicht versuchen.«

Larry pflichtete dem stämmigen Priester grummelnd bei.

»Nicht ganz korrekt«, widersprach Joyce mit ernsterer Miene und wies auf den Tunnel, der hinter den fluoreszierenden Gipskristallen in der Grottenwand verschwand. »Wir werden die Fähigkeit der Statue für unsere Zwecke nutzen.«

»Und wie stellen Sie sich das vor?«, fragte Larry verwirrt.

»Geben Sie mir einfach die Schlange, die sich in ihren Haaren verfangen hat.«

Ehe die Panik Gelegenheit bekam, Larry Newman zu

überwältigen, war Miguel mit einem Schritt hinter ihm und hatte die Wasserschlange am Hals gepackt. Das Tier fauchte zornig. »Und jetzt?«

Joyce fesselte das Reptil mit einer Drahtschlinge an die zweite Statue und fügte der Schlange dann einen feinen Schnitt mit dem Messer zu. Kaum rann der erste Blutstropfen aus der Wunde, begann die Figur zu erzittern und rollte von einer unsichtbaren Kraft gezogen fort in den Gang.

Larry Newman starrte gebannt hinterher. »Die Figur bewegt sich ziemlich langsam. Wir können ihr folgen.«

»Das hatte ich gehofft. Schlangenblut wirkt anders als Menschenblut«, sagte Joyce, und mit Blick auf die Plastiktüte in Larrys Hand fügte sie entschlossen hinzu: »Ich hoffe, da drin befinden sich eine Taschenlampe und meine Waffe.«

Larry Newman zog eine Grimasse. »Was dachten Sie denn? Drei frisch geschmierte Pausenbrote?«

Sie durchquerten weitere Tropfsteinhöhlen und folgten versiegten Kanälen durch den verschlungenen Irrgarten unter dem Regenwald. Aber sie fanden nichts. Niemanden. Nur Felsen und Kristalle, die ihr schummriges Licht aussandten.

Als das Leben endgültig aus der verwundeten Schlange wich, erstarb auch die unheilvolle Macht der Statue. Enttäuscht starrten Joyce Kramer, Larry Newman und Pater Miguel auf den Kadaver und das Antlitz des Grauen Engels zu ihren Füßen.

Sie befanden sich an einer Gabelung, von der fünf Gänge abzweigten. Weder Geräusche noch andere Spuren gaben Aufschluss, welcher der nachtschwarzen Tunnel womöglich zum Ziel führte.

»Das Ganze war ein riesengroßer Fehler«, murmelte Larry entmutigt. »Wer sagt uns überhaupt, dass Bakerman und Steven wirklich hier unten sind? Und wenn sie es sind, wie sollen wir sie jemals finden?«

Darauf wusste auch Joyce keine Antwort. Bisher war sie Miguel gefolgt und hatte seinen Hinweisen vertraut. Der Priester hatte ausreichend Gelegenheit gehabt, sie zu verhören oder gar zu töten. Stattdessen hatte er sie freigelassen, sich ihnen anvertraut und sie unterstützt. Es gab für Joyce keinen Grund, an den Worten des Mannes zu zweifeln. Miguel glaubte an die Botschaft seiner mit der Gabe gesegneten Großmutter, die in Doktor Fuentes Camp Informationen über deren geheime Expedition erhalten und an ihn weitergeleitet hatte. Der unheimliche Zauber der Engelsfigur deckte sich mit ihren Vermutungen und hatte sie bis hierher gebracht.

Aber nun musste sie Larry zustimmen. Sie hatte keine Ahnung, wie weit sie noch zu gehen hatten. Sie wusste nicht, ob sie hinter der nächsten Biegung auf Antworten stoßen würden oder noch etliche Meilen davon entfernt waren. Und was Bakerman und Steven betraf …

»Joyce!«

»Was ist, Larry?«

»Sie … sie bewegt sich …«

Tatsächlich war wieder die ihnen bereits bekannte Vibration zu beobachten. Die kleine Keramikfigur rollte zwei Meter in Richtung des Ganges direkt hinter Miguel, dann wurde sie wieder still. Der letzte Tropfen Schlangenblut trocknete auf einem der Flügel.

»Als hätte sie etwas gespürt«, flüsterte Larry.

Im nächsten Moment hörten sie Schritte näher kommen. Eilige, hektische, zielstrebige Schritte.

Joyce hatte den Elektroschocker abgelegt und hielt ihre schussbereite Beretta im Anschlag.

Drei Schemen traten aus der Dunkelheit in den Lichtkreis ihrer Taschenlampen.

»Joyce! Larry!« Steven Burns sah aus, als würde er

Gespenster sehen. Dann fiel er den beiden freudestrahlend in die Arme. »Was zum Henker machen Sie denn hier?«

»Wir haben mehrfach versucht, Sie zu erreichen.« Larry löste sich aus der herzlichen Umarmung. »Aber die …« Er stockte.

»… Verbindung war unterbrochen«, beendete Bakerman den Satz. »Ich hatte gehofft, Sie würden die nötigen Maßnahmen ergreifen. Dennoch bin ich positiv überrascht, Sie hier anzutreffen.«

Joyce und Larry starrten ihn wortlos an, auch Pater Miguel machte ein Gesicht, als wären die Neuankömmlinge einem seiner schlimmsten Alpträume entsprungen. Erst jetzt wurde Steven bewusst, dass noch immer das getrocknete Blut des Opferbeckens an ihrer Kleidung klebte, auf ihren Gesichtern und in ihren Haaren.

»Wir haben das Heiligtum gefunden«, versuchte Steven ihre Situation zu erklären.

»Das Heiligtum?« Pater Miguel trat einen respektvollen Schritt zurück. »Hat die Statue deswegen reagiert?«

»Wie bitte? Wer sind Sie überhaupt?«

»Das ist Pater Miguel. Ohne seine Hilfe hätten wir Sie niemals so schnell gefunden«, antwortete Joyce.

»Die Statue«, wiederholte der Priester leise, aber bedächtig. »Sie regte sich ein letztes Mal, kaum dass Sie in Reichweite kamen.«

Steven wirkte verunsichert. »Ich … ich weiß nicht … wieso.«

»Wir werden das Gespräch draußen fortsetzen«, ergriff Bakerman das Wort. »Jetzt sollten wir auf schnellstem Wege verschwinden.«

»Hervorragende Idee«, rief Larry. »Hier entlang.«

»Irrtum!«

Die sechs wandten sich überrascht um.

Aus der Dunkelheit eines Stollens war ein Mann getreten. Er war so leise gewesen, dass sie ihn nicht gehört hatten. Unter dem aufgerissenen Hemd war der behaarte Oberkörper von Kratz- und Bissspuren übersät. Wo sich seine linke Brustwarze befunden haben musste, zuckten fleischige Muskelstränge, aus denen gelblicher Eiter quoll.

»Jesus!«, rief Yolanda Fuentes. »Sie haben es geschafft!«

»Ja, das habe ich«, erwiderte der Portugiese mit seinem markanten Grinsen. In der rechten Faust hielt er einen silbernen Metallstab, an dessen Ende ein roter Knopf blinkte.

»Was haben Sie da, Señor Marquez?«, fragte Bakerman betont ruhig.

»Sie werden mich jetzt in dieses Heiligtum bringen, von dem Sie eben gesprochen haben«, presste er unter Schmerzen hervor. »Sofort!«

»Sie haben ja keine Ahnung!«, rief Steven. »Wissen Sie, wie viele von denen da rumlaufen?«

»Je mehr, desto besser.«

Yolanda Fuentes schob sich sachte an Steven und Bakerman vorbei. »Kommen Sie zur Besinnung, Jesus. Seien Sie dankbar, dass Sie noch am Leben sind, und begleiten Sie uns zurück an die Oberfläche.«

»Nein!«, schrie der Mann, dessen melancholisches Gitarrenspiel Steven noch vor einer Nacht in seinen Bann geschlagen hatte. »Ich habe zu lange auf diesen Augenblick gewartet! Die haben meine Frau verschleppt! Die haben mir Mariana genommen!«

»Was immer Sie vorhaben, es wird Ihnen Ihre Frau nicht zurückbringen.« Bakerman warf einen flüchtigen Blick über die Schulter in die Richtung, aus der sie gekommen waren. »Es tut mir leid, aber die machen keine Gefangenen.«

Jesus Marquez fuhr sich mit der Zunge über die aufgeplatzten Lippen und lachte. »Ich weiß, dass die ihre Leute an der Oberfläche haben, mit denen sie in Kontakt treten. Also habe ich die Funkanlage sabotiert.«

Fuentes taumelte erschrocken zur Seite, bis sie mit dem Rücken gegen Pater Miguels Brust stieß. »Sie waren das?«

»Niemand durfte von unserem Ausflug wissen! Niemand durfte sie vor mir warnen.«

Joyce hatte heimlich den Lauf ihrer Beretta auf Marquez gerichtet, doch ein Wink von Bakerman ließ sie die Waffe wieder senken.

»In meinem Rucksack befindet sich genügend Sprengstoff, um diesem Land einen neuen Krater zu schenken.« Marquez hielt den Fernzünder wie eine Fackel in die Luft. »Und jetzt führen Sie mich endlich in dieses verfluchte Heiligtum!«

»Einverstanden«, sagte Bakerman. »Ich bringe Sie hin.«

»Nein«, schmunzelte Jesus Marquez kopfschüttelnd. »Alle! Alle werden mich begleiten! Denn wer weiß, vielleicht ist einer von uns ... ja auch einer von denen.«

14

Steven Burns hörte die Worte wieder und wieder in seinem Geist nachhallen. *Wer weiß, vielleicht ist einer von uns ja auch einer von denen.* Mit jedem Schritt, den sie zurück durch die Finsternis der Opferhalle wieder näher kamen, wuchs in ihm das Gefühl der Machtlosigkeit. Er konnte die Anwesenheit der Maya spüren, oder was auch immer auf sie wartete. Es rief nach ihm, es wollte ihn, es verzehrte sich nach ihm.

Baaxkin ulech, Gabriel?

Es war Wahnsinn, dorthin zurückzukehren. Es würde ihrer aller Tod bedeuten.

Hinter sich vernahm er das schmerzgeplagte Atmen von Jesus Marquez.

Ich könnte dich verschwinden lassen, dachte Steven elendig. Ich habe schon mal einen Menschen verschwinden lassen. Ich könnte es jederzeit wieder tun. Doch allein der Gedanke an die Entfesslung seiner ihm selbst so fremden Gabe erfüllte Steven Burns mit grenzenloser Furcht.

Unverhofft öffnete sich der Stollen, und seine Gedanken schweiften ab. Eine sakrale Grabesstille beherrschte das Heiligtum der Maya. Pater Miguel bekreuzigte sich, bevor er die Schwelle zum Gewölbe überschritt.

Bakerman und Yolanda Fuentes hielten ihren Blick fest auf das Opferbecken gerichtet, aber von Serena Parker war nichts mehr zu sehen. Die Oberfläche des

Blutsees war vollkommen unberührt und wie zu einem glatten Tuch erstarrt.

Steven Burns' Aufmerksamkeit jedoch galt einzig und allein dem riesenhaften Schlangenkopf, aus dessen Augen die Anemonenwesen gefallen waren. Das steinerne Portal übte auf ihn eine abstoßende Anziehungskraft aus, derer er sich nur schwer erwehren konnte.

»Die Welt der zwei Monde, ohne Himmel«, hauchte Larry. Auch er war von der Aura der unterirdischen Stätte ergriffen und wurde sich im Angesicht der gewaltigen Steinsäulen seiner eigenen Endlichkeit bewusst. »Die Engel öffnen den Weg zum Grab des Ersten. Sie wachen über die Grenze zwischen Dunkelheit und Licht.«

Joyce Kramer nickte. »Das ist der Ort, den Jean-Paul Legrand in seinen Träumen erblickt hat!«

Steven und Jesus waren ein paar Schritte vorangegangen. Der Portugiese zitterte vor Erschöpfung.

»Wenn Sie den Laden wirklich in die Luft sprengen wollen, dann vergessen Sie die Schlange nicht«, flüsterte Steven ihm zu.

Der Mann schien ihn nicht gehört zu haben. »Wo sind sie hin?«, raunte er atemlos. »Sie hatten doch behauptet, es wären Hunderte gewesen?!«

»Und sind es noch«, antwortete Steven leise.

Dann sah sie auch der Portugiese. Was er zuvor im Zwielicht für Unebenheiten im Boden oder verwaiste Schlafstätten gehalten hatte, entpuppte sich bei zweitem Hinsehen als eine formlose Ansammlung nackter Körper auf dem Höhlenboden. Es war, als würden sie schlafen. So weit das Auge reichte, bedeckten still daliegende Leiber jeden Zentimeter Stein wie ein fleischiger Teppich, die Gliedmaßen derart ineinander verkeilt, dass nicht auszumachen war, wo ein Mensch begann und der nächste aufhörte.

Der Finger von Jesus Marquez legte sich auf den Auslöser des Fernzünders.

»Das Portal«, ermahnte ihn Steven Burns. »Jesus, wenn wir es tun, dann richtig.«

»Was ist mit dem verdammten Portal?« Marquez warf ihm einen zweifelnden Blick zu. »Was wissen Sie darüber?«

Steven hatte keine Ahnung, ob die anderen sie hören konnten. Ihre Begleiter waren am Höhleneingang stehen geblieben. Nur er und Jesus hatten sich bis auf Höhe der ersten zwei Säulen in die Kaverne vorgewagt, bis nur noch wenige Schritte sie von den reglosen Körpern trennten.

Ich habe gefühlt, wozu es fähig ist, wollte er sagen. Das Schlangenportal stellte eine Verbindung her, es funktionierte ähnlich wie ein Wolframtor, es öffnete einen Zugang in ... die Finsternis. Und zu den namenlosen Schrecken, die dort lauerten.

Aber wie sollte der Portugiese das verstehen?

Der Mann trauerte um seine tote Frau. Er wollte seine Rache und keine Erklärungen. Sein Ziel war die Vernichtung der sich unnatürlich am Leben erhaltenden Maya, die auf der Jagd nach Blut Menschen verschleppt und ermordet hatten. Was kümmerten Jesus Marquez das Schlangentor und die unvorstellbaren Rätsel, denen Steven und die anderen auf der Spur waren?

Wie sollte man ihm mit wenigen Sätzen verdeutlichen, dass die Bedrohung in Calakmul niemals enden würde, solange das Heiligtum nicht gänzlich zerstört war?

»Ich kann sie spüren«, suchte Steven nach den richtigen Worten. »Ich kann es, seit ich denken kann. Früher war mir nicht bewusst, was ich fühlte. Eine geisterhafte Anwesenheit, eine Gefahr, einen drohenden Schatten. Aber jetzt gelingt es mir immer öfter, meine Sinne zu steuern. So wie in der Nekropole.«

Jesus Marquez wirkte ruhiger, zumindest schien er ihm zuzuhören. »Und was spüren Sie genau?«

»Nicht diese … Menschen, sondern das, was sie vergöttern. Die furchtbare Macht hinter dem Portal.« Es klang absurd, das wusste er.

»Eine furchtbare Macht, hm?«

Steven merkte, wie der Portugiese ihm entglitt. Der Mann glaubte ihm nicht. Der Daumen über dem Auslöser zuckte leicht.

»Ich beweise es Ihnen, Jesus.«

»Was wollen Sie mir beweisen?«

»Ich zeige Ihnen die Welt hinter dem Portal. Ich lasse Sie an der Wahrheit teilhaben. Dann liegt die Entscheidung bei Ihnen.«

Steven setzte einen Fuß auf den ersten entblößten Rücken, der den äußeren Rand des konturlosen Leiberpulks bildete. Die missgestaltete Kreatur stieß ein kaum hörbares Grunzen aus, rührte sich jedoch nicht.

»Folgen Sie mir.«

Und Jesus Marquez folgte ihm. Aber nicht allein.

Auf einen energischen Wink des Portugiesen setzte sich auch die fünfköpfige Gruppe um Bakerman in Bewegung.

»Ich traue Ihnen nicht«, lächelte der mit hochexplosivem Sprengstoff beladene Mann.

Der Verrückte wird uns alle umbringen, drängte sich die Erkenntnis in Stevens Bewusstsein. Jesus Marquez hatte einen Kreuzzug geplant, der keinen Rückweg mit einschloss.

Sie stiegen vorsichtig über eine Gruppe Frauen hinweg, deren eingefallene Brüste sich lautlos auf und nieder bewegten. Ein dumpfes Raunen durchlief den lebendigen Untergrund, auf dem sie sich in die Mitte der Halle vorwagten. Was immer ihn dazu getrieben hatte, über die in diesen tranceartigen Dämmerzustand Gefallenen hinwegzuklettern, Steven Burns bereute seinen Entschluss mit jedem Schritt, den er tat.

Niemand sagte ein Wort.

Fassungslos über den Verlust der Kontrolle und die eigene Unfähigkeit, sich ihrem todgeweihten Anführer zu widersetzen, stiegen sie über unzählige Männer und Frauen. Yolanda Fuentes rutschte zweimal auf hervorstehenden Rippenbögen ab und wäre fast zwischen den ausgemergelten Schlafenden eingesunken, hätte Pater Miguel sie nicht rechtzeitig zu fassen bekommen.

Joyce hielt noch immer ihre Beretta in der Hand, obwohl sie wusste, dass die Detonation einer Patrone ihre Probleme nur verstärken würde. Sie könnte diesen Marquez einfach erschießen, aber das Risiko, dabei den Zünder auszulösen, war einfach zu groß. Außerdem würde sie damit die gespenstische Ruhe im Heiligtum zerstören und einer Hundertschaft wilder Fanatiker gegenüberstehen, die seit über tausend Jahren zu morden gewohnt waren. Keine rosigen Aussichten!

Bakerman indessen beobachtete genau, was sich zwischen Steven und Jesus abspielte. Als Einzigem der Gruppe entging ihm kein einziges Wort.

Doch es war Larry Newman, der die wirkliche Gefahr als Erster bemerkte. Anfangs hatte er die Bewegung am Rande seines Blickfeldes nur für einen der am Boden verrenkten Körper gehalten und ignoriert. Aber da war noch etwas gewesen, ein Geräusch, auf das außer ihm niemand reagiert hatte, vermutlich weil niemand außer ihm es hören konnte.

Als Kind hatte Larry durch eine seltene Krankheit fast vollständig sein Gehör verloren. Bis vor zwei Jahren hatte er ein gewöhnliches Hörgerät tragen müssen, um überhaupt irgendwas zu verstehen, aber dann hatte sich die Gelegenheit ergeben, sich eines dieser modernen Implantate einpflanzen zu lassen. Ein winziger Sensor nahm jetzt den Schall auf, der zuvor ganz natürlich durch Ohr und Trommelfell geleitet wurde, und verstärkte ihn durch einen Audioprozessor. Die Technik brachte Larry Klangwelten zurück, die er längst vergessen hatte, und sensibilisierte ihn für extreme Töne jenseits gewöhnlicher Wahrnehmungsraster.

So wie das Geräusch, das ihn erneut aufhorchen ließ.

Es kam aus dem Becken.

Bei der sich darin befindlichen Flüssigkeit handelte es sich zweifelsohne um Blut. Bakerman und Steven hatten so etwas angedeutet. Larry unterdrückte mit Mühe den aufsteigenden Würgereiz und balancierte über zwei junge Frauen hinweg. Der Anblick der gewaltsam verformten Schädelknochen ließ ihn bitter aufstoßen. Reiß dich zusammen, befahl er sich und hob die Taschenlampe. Der Lichtkegel tastete langsam über die dunkelrote Oberfläche.

Da war etwas am Boden des Beckens.

Zuerst hielt er es für Pflanzen, Algen oder Seeanemonen. Dann erkannte Larry Newman, dass der Schemen wuchs, so als würden viele kleinere Lebewesen sich zu einem großen zusammenfügen. Die Umrisse verschmolzen miteinander und bildeten ein schlangenhaftes Bündel aus pulsierenden Leuchtfäden. Bedrohlich glühten die Lichtsignale in der Tiefe und gewannen zusehends an Intensität. Damit einhergehend verstärkte sich der fremdartige Ton, den nur Larry wahrzunehmen schien.

Er blickte hinüber zu Steven und dem Irren mit seinem Rucksack voller Sprengstoff. Die beiden hatten das Leiberfeld beinahe überquert und befanden sich nun unmittelbar vor dem gigantischen Schlangenhaupt.

»Alles in Ordnung, Larry?« Joyce stand direkt hinter ihm und ließ Taschenlampe und Beretta mit ausgestreckten Armen über das Becken gleiten.

»Da unten ist etwas«, hauchte er mit steigender Unruhe.

»Wo?«

Sie konzentrierten ihr Licht gemeinsam auf die Stelle, die Larry zuvor ausgemacht hatte.

Joyce Kramer wurde bleich. »Ein Torwächter!«

»Ein was?«

Beinahe wäre ihr die schwere Pistole aus der Hand gefallen. Bakerman und sie hatten so eine Kreatur schon einmal gesehen, in einem Warenlager der Hoover Company in Vancouver. Die Kreatur hatte ein transportables Wolframtor bewacht, einen geheimnisvollen Übergang in eine ihnen noch unbekannte Sphäre. Vermutlich stammten die Grauen Engel von dort, aber noch immer besaßen sie auch darüber keine Gewissheit.

»Diese tentakelgleichen Fäden ... Die Dinger schneiden durch ihr Fleisch wie kalter Stahl durch Pudding.«

Larry Newman wich vom Beckenrand zurück. »Wir müssen die anderen warnen!«

In diesem Moment drang ein lauter Schrei vom Schlangenportal zu ihnen herüber. Joyce und Larry wirbelten herum. Sie sahen, wie Steven und Jesus Marquez miteinander rangen. Offenbar hatte Steven versucht, den Portugiesen zu überwältigen und ihm den Auslöser zu entreißen.

»Lassen Sie mich los!«, brüllte Marquez und schleuderte ihren Freund mit ungeahnter Kraft gegen das Schlangenportal.

Steven schlug hart mit dem Hinterkopf gegen den Stein und sackte stöhnend auf die Knie.

»Niemand wird mich aufhalten!« Jesus Marquez bückte sich nach etwas auf dem Boden Liegendem, als ein Raunen durch die Schlafenden ging.

Larry und Joyce rückten enger aneinander, ihre Fersen berührten schon fast den Rand des Opferbeckens, während vor ihnen die Maya zum Leben erwachten. Wie ein Chor erhob sich das Wispern. Die nackten Körper regten sich. Zuerst war es nur ein unscheinbares Zucken ihrer Gliedmaßen, doch dann begannen sämtliche Gestalten, sich gleichzeitig zu erheben, als folgten sie einem übergeordneten Willen.

Joyce' Finger krallte sich um den Abzug der Beretta. Wie in Zeitlupe musste sie mit ansehen, wie sich Arme um Bakerman schlangen, wie Yolanda Fuentes und Pater Miguel von knochigen Händen zu Boden gedrückt wurden.

»Nein!«, drang Jesus Marquez verzweifelter Ruf durch das Gewölbe. Auch er war gepackt und an eine der zehn Steinsäulen gepresst worden. Hilflos zappelten seine Beine in der Luft.

Larry Newman fasste Joyce an der Schulter. »Warum beachten die uns nicht?«

Dann wurde es auch ihm bewusst.

Jedes einzelne Augenpaar in der Höhle war auf eine Person gerichtet. Jeder Kopf nur in eine Richtung gewandt. In weniger als sieben Atemzügen hatten sie Stevens Begleiter überwältigt und schenkten den verbliebenen zweien in ihrem Rücken keine Beachtung mehr.

»Sie beschützen ihn«, flüsterte Joyce, ohne dass sie es verstand.

Steven zog sich am Schlangenkopfportal wieder auf die Beine. Seine Sicht war verschwommen. Ein klebriger, tumber Schmerz durchfuhr seinen Hinterkopf mit jedem Wimpernschlag. Er hatte versucht, Jesus niederzuringen, der Mann war allerdings zu stark für ihn gewesen.

Er hatte erwartet, dass der Portugiese nun nicht länger zögern würde. Doch die Explosion war ausgeblieben. Stattdessen erfüllte ein sonores Raunen das Heiligtum.

Allmählich gewann seine Umgebung wieder an Kontur.

Marquez wurde von mehreren Armen an eine Säule gedrückt und rang nach Luft. Bakerman, Fuentes und dieser Miguel knieten auf dem Stein, Hände und Finger hatten sich als fleischige Knebel in ihre Münder geschoben, und von Larry und Joyce war keine Spur zu sehen.

Aber die Maya – sie starrten alle ihn an. Aus dunklen, toten Augen. Die verformten Köpfe wiegten sich in einem harmonischen Rhythmus, und Steven spürte, wie die ganze Höhle nur auf ein Signal von ihm wartete. Es waren Hunderte, die ihm zu Diensten waren, willenlose Werkzeuge, ergebene Untertanen.

Die Erkenntnis schnürte ihm die Kehle zu.

Sie hatten ihn gerufen. Sie hatten ihn gelockt. Und er war dem Lockruf gefolgt.

Aus dem Pulk schoben sich drei Männer. Ihre Haut war mit getrocknetem Blut bedeckt, und den in der Mitte erkannte Steven sofort. In den einst so stolzen Augen funkelten Wahnsinn und panische Angst.

»Jorge«, keuchte Steven.

Es war sein erstes Wort.

Wie auf Befehl stoppte das Wispern seiner furchtbaren Anhänger, und die Stille kehrte zurück in das Heiligtum.

Die zwei Maya, die Jorge Pardo vor ihren Herrn geführt hatten, verbeugten sich tief.

Steven verstand, dass er am Zug war. Er konnte alldem Einhalt gebieten. Er konnte seine Freunde retten. Die Maya hörten auf ihn. Sie warteten auf ein Zeichen. Er durfte nur keinen Fehler begehen.

»Jorge ...«, begann er von neuem.

Und das genügte!

Die beiden Männer rissen ihre schiefen Mäuler auf, entblößten die spitzen, schwarzen Zungen und stießen diese mit unvorstellbarer Kraft in die entsetzten Augen des Mexikaners.

Jorge Pardos unmenschlicher Schmerzensschrei ließ das Gewölbe erzittern, als seine Augäpfel aus den Höhlen gerissen wurden und wie aufgespießte Früchte auf den Zungenspitzen zappelten.

Blut schoss in steilen Bahnen aus den Wunden, und Hunderte von trockenen Kehlen stimmten in den infernalischem Jubel mit ein.

Vom Schock gelähmt, verfolgte Steven Burns, wie Jorge Pardos sterbender Körper nach hinten wegknickte. Sie hatten ihn getötet. Ihm zu Ehren. Auf sein Geheiß.

Maßloser Ekel vor sich selbst schoss durch seinen Körper und drohte seinen Verstand zu übermannen. Gleichzeitig spürte Steven, wie ihn eine Welle der Euphorie und Kraft durchflutete. Es war, als würde ihm das Opfer all die verlorene Stärke zurückgeben, alle Strapazen der vergangenen Stunden vergessen machen. Als würden die Maya ihm Leben schenken …

Als er seinen Blick von der Blutlache zu seinen Füßen löste, erblickte er Pater Miguel, der nun an Jorges Stelle vor ihn geführt worden war. Auch Bakerman und Yolanda Fuentes wurden herbeigezerrt. Die frohlockenden Rufe der Maya hallten wie Trommelwirbel durch das Heiligtum.

Steven taumelte zurück gegen das Schlangenportal. Er wurde zerrissen von unbändigem Hass, von Wut, Abscheu und frivolem Genuss seiner neu gewonnenen, süßlichen Kraft, die in seinen Venen floss. Sie bedachten ihn mit trunkener Zuversicht und Euphorie. Er verspürte die ungeahnten Möglichkeiten, die ihm auf einen Schlag offenstanden. Eine unersättliche Gier nach mehr fesselte seinen Geist. Mehr Anerkennung, mehr Dienern, mehr Kraft, mehr Blut …

Obwohl von ausgezehrten Händen zu Boden gedrückt, hielt Bakerman seine Augen fest auf ihn gerichtet. Der glatzköpfige Schotte zeigte keinerlei Furcht. Er schien Steven so zu betrachten wie Eltern ihr Kind, dem soeben ein neues Spielzeug geschenkt worden war. Mit Neugierde und zugleich einem Hauch von Neid auf die unbekümmerte Jugend und eine ungeplante Zukunft.

Steven brachte ihm nicht mehr als einen Hauch von Mitgefühl entgegen, verwundert über so viel Erbärmlichkeit und Schwäche. Bakerman würde vor seinen Augen sterben. Auf seinen Befehl. Niemand würde seinen Tod abwenden können. Der Schotte hatte sein Schicksal selbst besiegelt. Zu oft hatte er ihm die Wahrheit verschwiegen, ihn angelogen, ihn für seine Zwecke benutzt! Damit war nun Schluss! Alles würde sein Ende finden ... Die Gesichter seiner Begleiter rauschten an ihm vorbei, die ungezügelten Emotionen, erweckt durch das vergossene Blut Jorge Pardos, kochten heiß in seinen Adern. Nein, Steven brauchte sie nicht länger, weder den kleinen Mann, noch Joyce, noch Larry ... Sie alle waren dem unausweichlichen Tode geweiht. Die Maya lauerten nur noch auf das Zeichen, auf Stevens letzten Wink, vielleicht ein Zucken der Augenbrauen oder das Heben eines Fingers ... Weitere Opfer ihm zu Ehren, die ihn mit Stärke und vollkommener Glückseligkeit erfüllen würden. Was bedeutete schon ein erkaltender Körper im Angesicht der Epochen, die die Menschheit auf jemanden wie ihn gewartet hatte? Welchen Unterschied würde das Überleben einer Joyce Kramer machen? Oder eines Larry Newman? Und Bakerman ...? Steven war es leid, den Anweisungen anderer Folge zu leisten.

Er war zu Höherem geboren!

»Ich ...«

Das heisere Krächzen seiner Stimme ließ alles Jubilieren im Gewölbe auf einen Schlag verstummen. Die

Stille kehrte zurück ins Heiligtum. Kein Schrei, kein Laut, nichts durchbrach den erstarrten Frieden und das aufgestaute Verlangen der grauen, nackten Körper, die schon vor langer Zeit in der Finsternis unter Calakmul ihre Seelen aufgegeben hatten. »Ich …«, setzte Steven Burns erneut an.

Und wieder versagten ihm die Worte. Seine Schläfen pochten so stark, dass es schmerzte. Der Geruch warmen Blutes stieg ihm in die Nase, er schmeckte ihn eisern und erstickend in seiner Kehle.

Sie warteten nur auf ihn …

Die Maya, die nächsten Opfer und dahinter in der Schwärze der endlosen Nacht unter Calakmul … die Grauen Engel!

Plötzlich war es, als würde sein Blick mit Macht zurück zu Bakerman gezogen, auf dessen Augen, die ihn noch immer stumm fixierten. Stumm und … fast gelassen. Doch nun sah Steven sich selbst in diesen Augen. Sich und was er im Begriff war zu tun …

Würde er der fahlen Gier wahrhaftig nachgeben, so wäre er selbst das Werkzeug, nicht diejenigen, die ihm dienten. Ihn verehrten, aus welchen absonderlichen Gründen auch immer. Er würde alles verlieren, seine Freunde, seine Freiheit, seine eigene Hoffnung auf Erlösung.

Der grausame Zauber dieses Ortes zerstob zu Rauch und verging.

Steven Burns wurde von einer unbändigen Wut erfasst. Er griff nach einem faustgroßen Stein und schleuderte ihn mit aller Wucht gegen eines der leuchtenden Mondaugen im Schlangenkopf. Er wusste nicht, was er erwartet hatte – ein Zerbersten des fremdartigen Kristalls, den Zusammensturz des Gewölbes oder nur eine verblüffte Reaktion der Maya, die er und die anderen hätten zur Flucht nutzen können.

Doch nichts dergleichen geschah.

Der Stein fiel dumpf zu Boden.

Nur gefolgt von einem kaum hörbaren Klirren, als ein winziger Splitter des Mondkristalls herabfiel.

Die Blicke der Maya waren ausnahmslos auf ihn gerichtet, ohne Gefühlsregung, ohne zu blinzeln, starr, tot, lauernd.

Dann plötzlich brachen Leuchtfäden durch die Oberfläche des Blutsees und rauschten fontänengleich bis unter das Höhlendach.

Steven erblickte Larry und Joyce, die sich im Schutze der Säulen zu ihm vorgepirscht hatten.

»In die Schlange!«, schrie Joyce und feuerte im Spurt blindlings nach hinten. Die Kugeln zerfetzen einige der Greifarme, doch bildete sich an gleicher Stelle sofort ein neues amorphes Bündel. Larry Newman beförderte einen Angreifer mit einem Tritt in den Staub, bevor er an der Seite von Joyce das mächtige Schlangenkopfportal erreichte.

Dann brach endgültig das Chaos aus.

Die Masse der dürren Leiber begann sich zu regen. Ein Meer aus nackten Armen zuckte erwachend in die Höhe, und unmenschlich geweitete Kiefer schnappten nach den Fliehenden. Dort, wo die transparenten Leuchtfäden abwärtsstießen, durchbohrten sie zischend Gliedmaßen und Organe, dass das Blut über den steinigen Untergrund spritzte wie Traubensaft bei einer Weinlese.

Bakermans Bewacher wurden von Kugeln durchlöchert. Er sprang auf, und auch Pater Miguel befreite sich aus dem Klammergriff, der ihn niedergezwungen hatte. Gemeinsam rissen die beiden Männer die Maya von Yolanda Fuentes fort und stolperten in Stevens Richtung.

Die Schreie waren überall, voller Wut, Schmerz und Hunger.

Menschliche Trugbilder glitten an Steven Burns vorbei, heißes Blut spritzte ihm über Wangen und Mund. Während er wild um sich schlug, trafen seine ziellosen Hiebe jedes Mal auf Widerstand, aber er hörte nicht auf, bis ihn jemand an den Schultern packte und nach hinten fortzerrte.

Wie in Trance hörte er die hektischen Stimmen von Larry, Joyce und Bakerman.

»Die Engel ... eine Art Schlüssel ... führen zur Freiheit ... öffnen den Weg zum Grab des Ersten ... wachen über die Grenze zwischen Dunkelheit und Licht ...«

Eine gesichtslose Masse drängte auf das Portal zu, hinter den spitzen Giftzähnen des steinernen Schlangenkopfes wütete der Torwächter und ließ seine züngelnden Tentakel durch Körper hinweg auf sie zurasen.

Irgendwo wurde eine Statue in einen kleinen Hohlraum geschoben, ein mechanisches Knacken und ein seitliches Drehen des Bodens, als würde die Welt aus den Angeln gehoben. Dann war da nur noch Schwärze.

Vor den ungläubigen Augen von Jesus Marquez hatte sich die Höhle in einen Ort der Verdammnis verwandelt, der den Schreckensvisionen aus Dantes Inferno in nichts nachstand. Das Schlangenportal war umlagert von nackten, blutenden Körpern, die wie hungrige Insekten nach den Geflohenen lechzten.

»Boa sorte«, flüsterte Jesus zum Abschied.

Er hatte den Metallstab wiedergefunden, rammte dessen Ende einem hageren Mann in die Nasenwurzel, dann erwischte ihn eine Faust über dem Jochbein, er stolperte, fiel, spürte, wie scharfe Zungen in seine Haut fuhren, wilde Hände nach ihm griffen und an seinen Knochen zerrten.

Aber er fürchtete sich nicht mehr.

»Mariana«, war sein letztes Wort, bevor ihm eine

warme Masse in den Mund quoll und er den blinkenden Knopf drückte.

Dann erstickte alles Tosen, und das Feuer kam über ihn, und mit dem Feuer das Licht.

15

Das Grab des Ersten war ein karger Sarkophag auf einem Steinsockel. Eine Inschrift datierte den Tod eines Priesters auf einen Tag vor 1135 Jahren. Dahinter rauschte ein Fluss durch den Fels.

»Es muss einer der Hohepriester gewesen sein, dem diese Ehre zuteil wurde«, stieß Yolanda Fuentes atemlos hervor.

»Vielleicht derjenige, der dieses Labyrinth entdeckt hat und das Portal errichten ließ.«

Tatsächlich hatte die Keramikfigur des Grauen Engels in eine winzige Nische gepasst und dort einen verborgenen Mechanismus ausgelöst, ähnlich dem, der schon den Boden unterhalb der Sternwarte auf und ab gesenkt hatte. Nur in diesem Fall waren sie nicht weiter in die Tiefe gesunken, sondern hatten sich um die eigene Achse gedreht.

Die Figur war tatsächlich ein Schlüssel gewesen. So hatten ihnen die Fieberträume Jean-Paul Legrands das Leben gerettet.

»Was kümmert's mich?«, keuchte Larry Newman und strauchelte als Letzter aus der Öffnung. »Hauptsache, wir haben's geschafft.«

Eine gewaltige Detonation erschütterte die grob behauenen Mauern. Larry und die anderen stürzten zu Boden. Dann lösten sich die ersten Felsbrocken aus der Decke.

»Jesus hat das Heiligtum gesprengt!«, rief Steven.

»Was Sie nicht sagen?!« Pater Miguel stand als Erster wieder auf den Beinen, aber in seinem Gesicht stand blanke Verzweiflung.

Die Katakombe hinter dem Heiligtum besaß keine Ausgänge, keine Torbögen oder Treppen, die weiter in die Dunkelheit führten. Es war eine Sackgasse.

»Der Fluss«, schrie Bakerman gegen das Wüten an.

Die herabstürzende Decke wirbelte mächtige Staubwolken empor. Der Sarkophag zerbarst unter dem Aufschlag eines mannshohen Felsens und sprengte den bleichen Kalkstein wie eine Silvesterrakete auseinander.

»Springen Sie!«, rief Bakerman ein letztes Mal, dann warf er sich gegen Steven.

Das Wasser des Quellflusses war heiß und roch nach Schwefel. Steven schrie, seine Haut brannte wie Feuer, als er von der schäumenden Gischt mitgerissen wurde und durch ein unterirdisches Loch aus der Grabkammer verschwand.

Es sog ihn fort durch kochende Finsternis und ohrenbetäubendes Lärmen, er stieß sich Kopf und Schultern. Seine rechte Wange riss auf, als er mit dem Gesicht frontal gegen einen Vorsprung geschleudert wurde.

Dann war es vorbei.

Der Strom beruhigte sich, die Hitze ließ nach und wurde von einer angenehmen Kühle ersetzt, die seine Wunden umspülte. Steven öffnete die Augen. Er trieb aufwärts und sah über sich das Glitzern einer fernen Wasseroberfläche. War es das Sternenlicht, der Mondschein oder die ersten Strahlen der aufgehenden Sonne?

Er wusste es nicht, aber mit letzter Kraft tauchte er durch den trichterförmigen Schlund der Freiheit entgegen.

16

Das stete Surren der Klimaanlage begleitete Steven Burns bis zur Tür am Ende des Flurs. Sie war nur angelehnt.

Er klopfte.

»Einen Moment«, hörte er Bakerman sagen und dann mit fester Stimme. »Ja!«

Er trat ein. Das Büro bestand aus nur einem Raum, in dessen Mitte der breite Schreibtisch stand. Bakerman hielt eine Hand über den Telefonhörer und bedeutete Steven, sich auf einen der drei freien Stühle zu setzen.

Dann widmete er sich wieder seinem Gespräch. »Entschuldigen Sie die Störung. Wo waren wir ...?«

Auf dem Eichentisch stand eine mit Mineralwasser gefüllte Kristallkaraffe. Steven schenkte sich in Ruhe ein Glas ein.

Sie befanden sich in der obersten Etage des Neubaus. Hinter der eindrucksvollen Fensterfront konnte er den Hafen von Vancouver überblicken. Ein Tanker lief soeben ein. Die Flagge war fast komplett rot, das weiße Zeichen in der Mitte aus der Entfernung nicht zu erkennen. Vielleicht stammt das Schiff aus China, dachte er, oder aus der Türkei.

»Danke, Doktor.« Bakerman legte auf.

Für einen Augenblick schaute auch er zum Fenster, die Gedanken in weite Ferne entrückt. »Das war Carlos Ameghino, Leiter der Medizinischen Fakultät der Universität in Córdoba.«

»Argentinien?« Steven stellte das Glas ab.

Bakerman öffnete eine Schublade und entnahm ihr ein unscheinbares Notizbuch. Ohne ihn weiter zu beachten, schrieb er mit schneller Hand vier unleserliche Worte und eine längere Zahlenfolge auf das Papier. Dann ließ er das Buch wieder verschwinden.

Steven hob fragend eine Augenbraue.

»Doktor Fuentes bestellt uns ihre Grüße«, sagte Bakerman in seinem gewohnt trockenen Ton.

»Ah ja«, war alles, was Steven einfiel.

»Es geht ihr gut, sehr gut sogar.«

Steven erkannte, dass Bakerman hinter seiner Fassade mit Gefühlen zu kämpfen hatte. Er wirkte zerrissen zwischen Erleichterung und Sorge. Noch immer wusste Steven nicht, in welcher Verbindung Bakerman mit der Archäologin stand, aber vermutlich ging es ihn auch nichts an.

»Es scheint fast so, als wäre ihre Leukämie doch nicht unheilbar. Der Krebs bildet sich zurück.«

»Ich weiß, was ich im Heiligtum gesehen habe«, sagte Steven. »Das Blut der Maya wirkte …«

»Wir müssen weitere Untersuchungen abwarten«, unterbrach ihn Bakerman.

»Und was macht Doktor Fuentes dann in Argentinien? Sollte sie nicht lieber in ihrer Heimat bleiben und sich ausruhen?«

»Doktor Fuentes ist eine sehr starrsinnige Frau«, antwortete Bakerman. »Sie lässt sich nichts vorschreiben.«

»Dann sind Sie ja ein perfektes Paar.«

Zu seiner Überraschung gönnte sich auch Bakerman ein Lächeln. »Sie befindet sich derzeit auf Erholungsreise durch Südamerika. In Begleitung von Pater Miguel.«

»Diesem Surferpriester?« Steven klopfte belustigt auf die Tischplatte. »Wollen wir hoffen, dass sein Keuschheitsgelübde im lauschigen Schatten alter Inka-Ruinen nicht in Vergessenheit gerät.«

Bakerman verzog keine Miene.

»Wissen Sie, was ich mich frage?« Steven wurde schlagartig ernst. »Ich frage mich, ob Doktor Fuentes mit ihrer Einschätzung richtig lag.«

»Von welcher Einschätzung sprechen Sie?«

»Sie erinnern sich an den Maya im Dschungel, der mich angeblich wiedererkannt hat?«

Bakerman lehnte sich in seinem Stuhl zurück. »Sie glauben wirklich, dass dieser Mann …?«

»Und Jesus Marquez hat behauptet, diese Frau am Lagerfeuer hätte auf mich gewartet.« Er spürte, wie seine Handflächen sich mit kaltem Schweiß überzogen.

»Und in den Stollen, da überkam mich immer wieder das Gefühl, als würde etwas nach mir rufen. Eine immer stärker werdende Kraft. Ein Sog. Ich konnte förmlich danach greifen. Diese geheime Falltür in der Knochenhalle, das Schlangenkopfportal …« Er musste husten und leerte das Wasserglas mit einem Schluck. »Haben Sie das auch gespürt?«

Bakerman betrachtete ihn lange und schweigend.

Beide dachten an die Geschehnisse im Heiligtum, kurz bevor ihnen die Flucht durch das Portal gelungen war. Steven hatte sich mehrfach gefragt, ob es womöglich doch nur Einbildung gewesen war, durch akuten Sauerstoffmangel und Stress hervorgerufene Halluzinationen. Hatten die Maya wirklich auf ihn gehört? Oder hatten sie nur in seine Richtung geblickt, weil er zufällig unmittelbar vor dem Schlangenkopf gestanden hatte?

In seiner Brusttasche fühlte er die neue Packung Schlaftabletten, die er eben auf dem Weg zu Bakermans Büro noch rasch besorgt hatte. Seine Träume wurden seit Calakmul von Schlangen und Knochen und fremdartigen Stimmen heimgesucht. Er wollte endlich mal wieder ruhig schlafen.

Langsam beugte Bakerman sich vor. Von jenseits der Fensterfront tönte die Signalhupe des einlaufenden Frachtschiffes.

»Ich wünschte, ich könnte Ihnen logische Erklärungen bieten. Ich wünschte, ich könnte es auf Ihre ausgeprägte Intuition reduzieren, jene Form unbewussten Wissens um Formen, Funktionen und Zusammenhänge, auf die weder Hirnforscher noch Spiritualisten eine befriedigende Antwort wissen. Sie sitzen in diesem Moment vor mir, Steven, und über elf Millionen Sinneswahrnehmungen wirken mit jeder neuen Sekunde auf Sie ein: die kleinsten Schwankungen im Sonnenlicht, das durch die Fenster dringt, der Duft ihres Aftershaves, das Kratzen der Kleidung auf Ihrer Haut, das Ticken meiner Armbanduhr … und all das geschieht passiv, ohne dass Ihr Bewusstsein sich konkret damit beschäftigt.«

Bakerman schaute kurz auf den kleinen Monitor zu seiner Linken. Er nickte kaum merklich und wandte sich wieder an Steven Burns. »Sie verfügen über eine Gabe, die Sie von anderen Menschen unterscheidet. Sie können dieses Phänomen entweder akzeptieren oder verfluchen, aber eines können Sie nicht: es ignorieren. Denn es ist ein Teil von Ihnen.«

Steven schluckte schwer. In seinem Kopf drehte sich alles.

Bakerman hob die Hand und winkte in Richtung Tür. »Joyce, Larry, treten Sie nur ein.«

Larry Newman trug seinen rechten Arm in einer Gipsschiene, und auch der angebrochene Schlüsselbeinknochen war längst noch nicht verheilt. Ansonsten waren seine Blessuren größtenteils abgeklungen, und er humpelte nicht mehr.

Joyce Kramer kämpfte noch immer mit den Nachwirkungen einer schmerzvollen Entzündung in ihrer Hand, dort, wo sie sich mit Miguels Messer einen Schnitt zugefügt hatte und ihre Wunde mit der Engelsfigur verschmolzen war.

Einen Monat, dachte Steven, während die anderen noch Begrüßungsfloskeln austauschten. Einen Monat ist es her, seit sie sich aus den Katakomben von Calakmul durch den Zufluss eines *cenotes* zurück ans Tageslicht gerettet hatten. In seinen Augen grenzte es an ein Wunder, dass sie die Explosion und den Einsturz der Höhlen nahezu unversehrt überlebt hatten. Dann fielen ihm die vier aufgehängten Männer von Fuentes ein, die Schreie von Serena Parker, der furchtbare Tod von Jorge Pardo und natürlich Jesus Marquez.

Sie alle hatte ihr Leben geben müssen. Das Wunder erhielt plötzlich einen mehr als bitteren Nachgeschmack.

»Ich habe Ihre Berichte gelesen und entsprechend ausgewertet.« Bakerman schob drei weiße Umschläge über die Tischplatte. »Die Maya sind nur eines von vielen untergegangenen Völkern auf diesem Planeten, dessen Geheimnisse noch nicht vollständig entschlüsselt sind. Folglich sollten wir nicht versäumen, weitere Nachforschungen über andere Urgesellschaften anzustellen, über unerforschte Dschungelgebiete oder von der Außenwelt abgeschottete Inselgruppen.«

»Ist das nicht eher Ihr Fachgebiet?«, fragte Larry. »Ich meine, wir drei haben doch in Vancouver schon genug Arbeit.«

»Keine Sorge, ich weiß sehr gut, wem ich welche Aufgaben anvertrauen und zumuten kann«, entgegnete Bakerman nicht ohne Schärfe.

Steven überlegte, ob Yolanda Fuentes und Pater Miguel tatsächlich auf Urlaubsreise durch Südamerika waren oder ob es noch andere Gründe gab, warum Bakerman weiterhin mit den beiden in Kontakt stand. Keine

Gelegenheit ungenutzt lassen, was? Er konnte sich ein Grinsen nicht verkneifen.

»Möchten Sie uns etwas sagen, Steven?«

Joyce und Larry drehten sich in ihren Stühlen zu ihm um.

»Nein, nein, ich …« Er dachte kurz nach. »Aber ich frage mich die ganze Zeit, wer Legrand getötet hat. Und warum.«

Bakerman tauschte mit Joyce einen flüchtigen Blick. »Wir können nur spekulieren, ob es sich bei dem Killer um einen Anhänger des Kultes der Zwei Horizonte handelte, der das Mysterium der Maya-Figuren schützen wollte. Jean-Paul Legrand ist im Laufe seines bewegten Lebens so manchem unangenehmen Zeitgenossen auf die Füße getreten. Er hatte viele Feinde.« Er seufzte. »Vielleicht war es auch nur ein unglücklicher Unfall.«

»Ein Unfall?« Larry Newman sah aus, als würde er vor Überraschung gleich vom Stuhl kippen.

»Larry«, sagte Bakerman. »Gönnen Sie einem alten Mann wie mir doch auch mal einen Scherz.«

EPILOG

Jessica Thompson, die erst 37-jährige Leiterin der Nervenheilanstalt von Etobicoke, einem Stadtteil im Westen von Toronto, blätterte an diesem Morgen zum sechsten Mal die Krankenakte des neu aufgenommenen Mädchens durch.

Resigniert legte sie den Ordner beiseite, nahm ihre Brille ab und rieb sich die Augen.

»Kathy«, sagte sie mit sanftem Druck auf den Knopf der Gegensprechanlage, »setzen Sie doch bitte noch eine Kanne Kaffee auf.«

»Gern, Ms Thompson«, kam es blechern zurück.

Die Therapeutin aktivierte die elektrischen Rollläden und das Büro verdunkelte sich in Sekundenschnelle. Dann flackerte der Diaprojektor auf und warf das Bild der Kleinen auf den freien Raum zwischen den mit Fachbüchern vollgestopften Wandregalen.

Das Dia zeigte ein Mädchen mit grauen Haaren, kaum älter als sieben Jahre. Sie trug eines der schneeweißen Nachthemden aus dem Klinikum, dessen Ärmel mit rosa Blumenmuster bestickt waren. Vollkommen apathisch saß sie auf dem Bett in Zimmer 304. Die Arme hingen leblos zu Boden, der Kopf war ihr auf die Brust gesunken.

Sie hatten der Kleinen den vorderen Haaransatz abrasieren müssen, weil sich in ihre obere Stirnpartie die Schrauben dieser schrecklichen Apparatur gebohrt hatten.

Jessica Thompson konnte die Vorstellung noch immer

nicht ertragen. Fast war es, als würde sie selbst den grausamen Schmerz spüren, den das Mädchen hatte durchleiden müssen.

»Lara«, sagte sie leise. »Arme Lara.«

Der Name war das Einzige, was sie in den zehn Tagen seit ihrer Einlieferung von sich gegeben hatte.

Die Therapeutin hatte gelernt, jedem Menschen eine faire Chance zuzugestehen, so verhaltensgestört er auch sein mochte. Sie hatte viele Abarten krankhafter Bedürfnisse kennengelernt und die entsprechenden Hintergründe studiert. Sie hatte versucht, zu verstehen, sich dem Abgrund zu nähern und so die Leidenden zu heilen.

Traumatische Erlebnisse aus der Kindheit waren bei weitem nicht so prägend für das Profil der meisten Gewalttäter wie Stoffwechselerkrankungen oder neurologische Defekte. Wenn sich Fehlfunktionen des Körpers auf die Psyche auswirkten und gewöhnliche Menschen in sadistische Mörder verwandelten, dann war Jessica Thompson eine klare Befürworterin operativer Eingriffe.

Sie blickte hoffnungsvoll einer Zukunft entgegen, in der die voranschreitende Wissenschaft Erbgut und Genmaterial verändern und so eine bessere Gesellschaft formen konnte.

Natürlich musste es gesetzliche Reglementierungen geben, das stand außer Frage, aber die Möglichkeiten, Aggressionen und fehlgeleitete Triebe mittels moderner Wissenschaften unter Kontrolle zu bringen, mussten genutzt werden. Von der profanen Heilung alltäglicher Krankheiten ganz abgesehen.

Damit unschuldige Kinder wie Lara in Zukunft geschützt sein würden.

Die Polizei hatte sie nur zufällig gefunden. Im Zuge einer Drogenrazzia war einer der Hauptverdächtigen entkommen und in eine verlassene Tischlerei am Rande des sanierungsbedürftigen Gewerbegebietes von Etobicoke geflüchtet. Dort hatten die Polizisten nicht nur den Drogenkurier gestellt, sondern auch das Mädchen entdeckt. Völlig verwahrlost und abgemagert hatte sie auf einer verstaubten Werkbank gelegen. Ihr Kopf war auf grausamste Weise in einen Schraubstock gezwängt worden, der Blutverlust mehr als kritisch.

Zwei lange Nächte hatten die Ärzte auf der Intensivstation des Toronto General Hospital um das Leben des Mädchens gekämpft.

Nun war sie hier.

Es gab keine Vermisstenanzeige, keine suchenden Eltern, keine Hinweise auf ihre Herkunft. Sie war ein blasses, grauhaariges Phantom ohne Vergangenheit und mit nichts als einem Namen.

Jessica Thompson fragte sich, was für ein Psychopath zu solchen Foltermethoden fähig war und wie sie ihm gegenübertreten würde. Zwar hatten die Ärzte trotz gründlichster Untersuchungen keinerlei Anzeichen für sexuellen Missbrauch oder andere Gewaltanwendungen finden können, aber freiwillig hatte die Kleine ihren Kopf mit Sicherheit nicht in die Schädelpresse gesteckt.

Die junge Anstaltsleiterin betrachtete das eingefrorene Abbild an der Wand mit gemischten Gefühlen. Sie war sich noch nicht im Klaren, wie sie versuchen würde, die Schutzmauern einzureißen, die dieses unschuldige Wesen um sich errichtet hatte.

Jessica Thompson schloss für einen Moment die Augen und wünschte sich, der Kaffee wäre endlich fertig.

Als sie wieder aufschaute, setzte ihr Herz für einen Wimpernschlag aus.

Das Mädchen auf der Diaprojektion hatte seinen Kopf gedreht und starrte sie aus gefühlstoten Augen an.

»Die Rückkehr«, kicherte die kleine Lara. »Warten wir gemeinsam auf die Rückkehr.«

gabriel burns
Es ist der Trip
und nicht die Ankunft
Anspruchsvolle Hörspiele der Luxusklasse mit den großen deutschen Synchronstars. Mehrfach ausgezeichneter und überragender Gewinner des Hörspiel-Awards.
Mit exklusiven Gast-Performances u.a. von JIMMY POP, SPORTFREUNDE STILLER, BELA B. und SMUDO.
gabriel burns
In das Dunkel
22
gabriel burns
Bereit
23
gabriel burns
Der erste der zehn
24
Angst.
Das Original auf CD.
www.gabriel-burns.de
UNIVERSAL
UNIVERSAL MUSIC GROUP